Alfred Hitchcock

Hitchcocks Krimikabinett

Das Haus in Chinatown

Franckh'sche Verlagshandlung
Stuttgart

Aus dem Amerikanischen übertragen von Christine Frauendorf-Mössel
Titel der Originalausgaben, aus denen die Geschichten entnommen wurden: »Alfred Hitchcock's Behind The Death Ball« und »Alfred Hitchcock's Murder-Go-Round«, erschienen bei Dell Publishing Co. Inc., New York.

Schutzumschlag von Aiga Rasch

CIP-Kurztitelaufnahme der Deutschen Bibliothek

Das Haus in Chinatown / [aus d. Amerikan.
übetr. von Christine Frauendorf-Mössel]. –
Stuttgart : Franckh, 1985.
(Hitchcocks Krimikabinett)
ISBN 3-440-05424-1

Franckh'sche Verlagshandlung, W. Keller & Co., Stuttgart / 1985

ISBN 3-440-05424-1 / L 9sp H ha
Printed in Czechoslovakia / Imprimé en Tchécoslovaquie
Satz: Fotosatz Stephan, Stuttgart
Gesamtherstellung durch Artia, Prag

Hitchcocks Krimikabinett

Das Haus in Chinatown

Hehlergut

August Derleth

An einem Abend im Mai sprachen mein Freund Solar Pons und ich gerade über den Prozeß gegen den französischen Massenmörder Landru, als wir hörten, wie die äußere Wohnungstür geöffnet wurde. Im nächsten Augenblick ertönten schwere Schritte auf der Treppe.

»Das kann doch nur Inspektor Jamison sein!« rief Pons aus. »Vielleicht hat er ein kleines Problem für uns, das so läppisch ist, daß sich die Gentlemen von Scotland Yard gar nicht erst damit abgeben.«

»Sie treffen den Nagel auf den Kopf«, sagte ich. »Jamisons Schritt ist kaum zu verwechseln.«

»Stimmt auffällig«, gab mir mein Freund liebenswürdigerweise recht. »Dasselbe gilt für seine Art anzuklopfen.«

Als schließlich an die Tür gepocht wurde, geschah das so energisch und bestimmt, daß praktisch nur noch die Aufforderung fehlte, im Namen des Gesetzes die Tür zu öffnen.

»Kommen Sie ruhig rein, Inspektor!« rief Pons.

Jamisons große, korpulente Silhouette tauchte im Türrahmen auf. Er musterte uns fragend, während ein flüchtiges Lächeln seinen Mund umspielte. »Guten Abend«, begrüßte er uns freundlich. »Es überrascht mich offen gestanden, Sie beide zu Hause anzutreffen.«

»Oh, gelegentlich sind wir recht häuslich«, erwiderte Pons. »Parker muß sich gerade um keine Dame kümmern, und seit zwei Tagen bin ich auf keinen Kriminalfall mehr gestoßen, der mich interessiert hätte. Setzen Sie sich doch, Inspektor.«

Jamison nahm seinen Hut ab, zog den Mantel aus und legte beides auf einen Stuhl. Dann trat er an den Kamin, vor dem Pons und ich saßen.

»Das ist doch vermutlich kein Höflichkeitsbesuch, Jamison, oder?« erkundigte sich Pons.

Jamison lächelte. »Teils, teils. Wir vom Yard sind ja nicht gerade auf den Kopf gefallen. Ich bin sicher, wir schnappen Max Markheims Mörder vor Ablauf der nächsten vierundzwanzig Stunden. Trotzdem muß ich Ihnen in gewisser Beziehung recht geben. Etwas macht mir nämlich Kopfzerbrechen. Ist Ihnen Abraham Aubrey ein Begriff?«

»Der Name kommt mir jedenfalls irgendwie bekannt vor«, antwortete Pons nachdenklich. »Das ist doch der Verfasser einiger unbedeutender philologischer Abhandlungen.«

»Ganz richtig. Aubrey besitzt ein Haus in Stepney, wo er Antiquitäten und anderen Krimskrams verkauft. Nebenbei beschäftigt er sich mit Sprachwissenschaften. Der Mann ist ungefähr fünfundfünfzig, und einer meiner Beamten hat beobachtet, wie ein Dieb, den er beschattet hatte, sein Geschäft betrat. Nachdem ich den Bericht dieses Mitarbeiters gelesen hatte, haben wir beschlossen, Aubrey einen Besuch abzustatten. Als wir dort ankamen, hatte Aubrey gerade eine Herzattacke. Wir haben ihn sofort ins Krankenhaus gebracht. Es geht ihm schlecht, und er ist nicht vernehmungsfähig. Eines ist an der ganzen Sache merkwürdig. Aubrey hatte vor dem Herzanfall offenbar gerade seine Post geöffnet, denn wir haben in seiner Hand einen zerknüllten Brief gefunden, aus dem wir nicht schlau werden.«

»Haben Sie das Schreiben dabei?«

Jamison nahm ein unbeschriftetes Kuvert aus der Tasche und gab es Pons. »Ich habe keine Ahnung, ob dieser Brief etwas mit Aubreys Herzattacke zu tun hat. Wahrscheinlich nicht. Ursprünglich hatte ich angenommen, die Nachricht sei in

einem Geheimkode abgefaßt, und sie daher unserem Expertenteam übergeben. Aber die Kollegen konnten auch nichts damit anfangen. Offenbar handelt es sich um einen Kode, den wir nicht kennen. Da ich heute abend gerade in der Nähe war, dachte ich, es könne nicht schaden, Ihnen den Brief zu zeigen. Schließlich weiß ich, daß Sie für knifflige Sachen wie diese eine Vorliebe haben.«
Inzwischen hatte Pons dem Kuvert ein zusammengefaltetes, liniiertes Blatt Papier entnommen, dessen zahlreiche Knicke verrieten, daß Aubrey es während seines Herzanfalls in der Hand gehalten hatte. Pons' Augen begannen zu leuchten, während er die Zeilen las. Schließlich sah er auf.
»Diese Nachricht scheint jedenfalls eine dringende Bitte an Aubrey zu enthalten«, sagte er und lachte verhalten.
»Sicher. Die Frage ist nur, welche?« rief Jamison.
Pons reichte mir den Brief. »Lesen Sie ihn uns mal langsam vor, Parker.«
»›Aubrey, Ihr bejahrter Tagedieb, bemüht Euch zu der kleinen Trift, wo Ihr Euch in der Nähe des dornigen Nektarhains watend ans Werk machen sollt. Und des Nachts erfüllt sich der Plan.‹ Die Nachricht ist ohne Unterschrift«, schloß ich.
»Aubrey hat bestimmt gewußt, wer der Absender ist«, behauptete Jamison. »Auch die Bedeutung der Zeilen muß ihm klar gewesen sein.«
»Das glaube ich auch. Trotzdem kann diese Nachricht wohl kaum der Anlaß für einen Herzinfarkt gewesen sein«, bemerkte Pons gelassen. »Es ist Ihnen doch sicher schon aufgefallen, daß der Absender ein sehr gebräuchliches Papier verwendet hat.«
»Natürlich.«
»Und vermutlich haben Sie ebenfalls bemerkt, daß es sich auch um die Sorte Papier handelt, die den Insassen von Gefängnissen Ihrer Majestät zur Verfügung steht.«

Jamison nickte. »Ich frage mich nur, was das alles bedeuten soll.«
»Die Antwort darauf kann ich Ihnen, wie ich meine, in ein paar Tagen geben«, erwiderte Pons knapp. »Selbstverständlich nur, wenn Sie möchten. Parker, seien Sie so lieb und kopieren Sie diesen Brief.«
Ich setzte mich mit dem Zettel an den Tisch und begann, die Nachricht abzuschreiben.
»Der Brief ist weder datiert noch findet sich sonst ein Hinweis darauf, wann er geschrieben worden ist«, knurrte Jamison.
»Aber Sie haben doch das Originalkuvert gefunden. Allerdings dürfte das ein anderes gewesen sein als dieses hier, das Sie mitgebracht haben. Wann und wo ist der Brief aufgegeben worden?«
»Vor drei Tagen in Princetown, Devonshire.«
Pons lächelte geheimnisvoll. »Tja, dann . . . Aubrey hat ein Anwesen auf dem Land. Wissen Sie vielleicht, wo?«
Jamison warf Pons einen gereizten Blick zu. »Sie sind ein Phänomen, Pons. Noch vor einer Minute wußten Sie nur, daß Aubrey philologische Abhandlungen verfaßt hat, und jetzt sind Sie sogar darüber informiert, daß er ein Grundstück auf dem Land besitzt.«
»Kommen Sie, Jamison. Reden wir nicht um den heißen Brei herum. Sie wissen doch, wo sich dieses Grundstück befindet. Verschwenden wir keine Zeit.«
»Aubrey gehören ungefähr zwanzig Hektar Land bei Stow in der Grafschaft Lincolnshire, nahe dem Stow Park außerhalb von Lincoln.« Er zog eine Grimasse. »Ich kenne die Gegend gut. Wir haben dort auf der Suche nach den Juwelen der Lady Canevin jeden Winkel durchgekämmt. Der Schmuck im Wert von zehntausend Pfund war spurlos verschwunden.«
»Ah, ich erinnere mich. Das ging auf das Konto dieses mysteriösen Fassadenkletterers. Es muß jetzt sieben Jahre her sein.

Haben Sie nicht Archie Prior für diese Einbruchserie dingfest gemacht?«
Jamison nickte. »Und wir sind ziemlich sicher, daß er damals auch Lady Canevins Juwelen gestohlen hatte. In jener entscheidenden Nacht waren wir ihm dicht auf den Fersen. Leider ist er uns entwischt. Während wir sämtliche Straßen abgeriegelt hatten, ist er querfeldein verschwunden. Erst am nächsten Tag konnten wir ihn im Dour-Haus bei Lincoln stellen. Wir hatten seine Fingerabdrücke bei einem Einbruch in der vorausgegangenen Woche identifiziert. Prior hat acht Jahre bekommen. Von seiner Beute konnten wir allerdings nie mehr sicherstellen als das, was in seiner Wohnung war. Und das war nicht der Rede wert.«
Pons nickte nachdenklich. Er saß einige Minuten mit geschlossenen Augen in seinem Stuhl. Die langen, schmalen Hände hatte er auf den Knien ausgestreckt.
Ich hatte inzwischen den Brief abgeschrieben, den Aubrey erhalten hatte, und gab das Original Jamison zurück.
Pons schlug die Augen wieder auf. »Können Sie mir Aubrey beschreiben? Ist er groß, dick oder klein?«
Jamison zuckte mit den Schultern. »Ich würde sagen, er ist mittelgroß. Ungefähr so wie Sie. Nur ein bißchen fülliger. Außerdem hat er ein schmales, hageres Gesicht und trägt einen Vollbart.«
»Na, fabelhaft!« rief Pons aus. Seine düstere Miene hellte sich schlagartig auf. »Lebt Aubrey allein?« fragte er erregt.
Der Inspektor nickte. »Der Umstand, daß wir ihn gerade zu diesem Zeitpunkt besuchten, hat ihm bestimmt das Leben gerettet.«
»Haben Sie den Schlüssel zu seinem Haus?«
»Sicher. Wir haben hinter ihm abgeschlossen.«
»Dann bitte ich Sie dringend, mir den Schlüssel und eine Fotografie von Aubrey zu schicken. Ich habe vor, die Nacht dort zu

verbringen. Wir dürfen keine Zeit verlieren. Geben Sie mir drei Tage. Danach müßte es sich lohnen, das Haus gründlich zu durchsuchen.«
Jamison starrte Pons eine Weile schweigend an. Offenbar schluckte er die Fragen hinunter, die ihm auf der Zunge lagen, denn er nickte nur. »Sie haben den Schlüssel und das Foto in spätestens einer Stunde. Ich kann nur hoffen, daß ich diesen Entschluß nicht bereuen muß.«
Damit setzte er seinen Hut auf, zog den Mantel an und verabschiedete sich.
»Dieser Brief sagt mir offen gestanden herzlich wenig«, gestand ich.
»Unsinn. Wenn man in diesen Zeilen keine komplizierten Rätsel sucht, ist er völlig klar«, erklärte Pons. »Der Autor der Nachricht erregt meine Bewunderung und stachelt meine Neugier an. Dasselbe gilt für Mr. Abraham Aubrey. Ich bin überzeugt, daß er wieder gesund wird. Allerdings kam sein Herzinfarkt für unsere Zwecke sehr gelegen.«
»Daß Aubrey ausgerechnet bei der Lektüre dieses Briefs einen Herzinfarkt erlitten hat, dürfte doch wohl kein Zufall gewesen sein«, bemerkte ich.
»Ich glaube, schon allein die Tatsache, daß er diesen Brief bekam, genügte, um diesen Herzanfall auszulösen. Obwohl die Nachricht keine Unterschrift trägt, bin ich überzeugt, daß Aubrey sofort gewußt haben muß, wer der Absender ist. Ganz offenbar hatte er nicht damit gerechnet, je wieder etwas von jener Person zu hören. Im übrigen wurde der Brief in Princetown abgestempelt. Und in Princetown befindet sich Dartmoor.«
»Dann ist der Absender vermutlich ein Gefängnisinsasse.«
»Das ist durchaus anzunehmen«, stimmte Pons zu.
»Ich begreife allerdings nicht, was das zu bedeuten hat . . . falls es überhaupt etwas zu bedeuten hat.«

»Sicher hat es eine Bedeutung. Und zwar eine, die vor allem einem Mann auffallen dürfte, der sich für Philologie interessiert.« Pons lächelte. »Abgesehen von der Wortbedeutung teilt uns diese Nachricht gewisse Fakten mit. Der Absender muß Aubrey nämlich gut genug kennen, um über dessen Vorliebe für Wortspielereien Bescheid zu wissen. Allerdings scheint die Verbindung zwischen den beiden einige Zeit lang unterbrochen gewesen zu sein. Daran war möglicherweise die Tatsache schuld, daß der Absender des Briefes im Gefängnis sitzt. Das mag gleichzeitig auch der Grund für den Schock gewesen sein, den Aubrey ja ganz offenbar beim Empfang der Anweisungen erlitten hat. So wenig Anhaltspunkte wir auch haben, sie geben Anlaß zu interessanten Spekulationen in bezug auf die Natur der Beziehungen zwischen Abraham Aubrey, dem Antiquitätenhändler und Hobbyphilologen, und einem unbekannten Gauner, der gerade auf Staatskosten Urlaub macht.« Pons zuckte mit den Schultern. »Aber lassen wir diese Vermutungen. Wir gehen der Sache zu gegebener Zeit auf den Grund.«
Wie versprochen schickte Inspektor Jamison den Schlüssel zum Haus in Stepney und ein Foto von Abraham Aubrey vorbei. Letzteres war offenbar erst vor kurzem von einem Beamten von Scotland Yard aufgenommen worden, denn es zeigte Aubrey in einem Krankenhausbett. Kaum waren diese beiden Dinge eingetroffen, wurde Pons aktiv. Er verschwand in seinem Zimmer, kam nach einer knappen halben Stunde mit Bart, buschigen Augenbrauen und Koteletten wieder heraus und sah Aubrey verblüffend ähnlich.
»Kommen Sie, Parker. Das Spiel beginnt. Mr. Abraham Aubrey geht nach Hause.«
»Pons! Das ist doch nicht Ihr Ernst! Sie können sich doch nicht einfach im Haus dieses Mannes einnisten!« protestierte ich.
»Ah, Parker, Sie haben ein geradezu unheimliches Geschick,

meine geheimsten Absichten zu erraten«, seufzte Pons. »Möchten Sie vielleicht in Nummer 7 bleiben und sich langweilen?« Er stieß mich fragend an.
»Wo ist das Haus?« erkundigte ich mich.
»In der Alderney Road«, antwortete er, nachdem er auf den Schlüsselanhänger gesehen hatte.
»Für ein Antiquitätengeschäft ist Stepney eine ungewöhnliche Adresse«, bemerkte ich.
»Sie könnte allerdings gewisse Vorteile haben. Stepney wird hauptsächlich von Seeleuten frequentiert, und über ferne Meere kommen manchmal Raritäten ins Land, die sich für einen Händler als sehr gewinnbringend erweisen können. Wenn Aubrey dort von einer größeren Anzahl von sammelfreudigen Seeleuten beliefert wird, dann ist es durchaus möglich, daß er Mittel und Wege gefunden hat, aus Dingen Gewinn zu schlagen, über deren Herkunft niemand peinliche Fragen stellt. Aber kommen Sie. Wir gehen ganz offen in dieses Haus. Ich hoffe . . . oder besser, ich erwarte, gesehen zu werden.«
Wir nahmen in Paddington die U-Bahn, stiegen in Fenchurch um und waren daher mit der Midland-Linie in einer halben Stunde am Bahnhof Stepney. Von dort aus war die Adresse in der Alderney Road in wenigen Minuten zu erreichen. Wir gingen durch die schlechtbeleuchteten Gassen dieser zwielichtigen Gegend, die, wie überall in London, von den unterschiedlichsten Menschen wimmelten.
Aubreys Haus war ein eher unauffälliges Gebäude; keinesfalls so schäbig wie manche der Nachbarschaft, aber auch längst nicht so ansprechend, wie es hätte sein können. Im spärlichen Schein der Straßenlaternen hatte es beinahe etwas Geheimnisvolles an sich. Dieser Eindruck wurde durch die geschlossenen Jalousien noch verstärkt. Pons ging ohne Zögern zum überdachten Eingang hinauf, nahm den Schlüssel

aus der Tasche, den Jamison ihm hatte schicken lassen, und schloß die Tür auf. Er tastete nach dem Lichtschalter. Eine Lampe flammte auf.

Im gedämpften Lichtschein tat sich plötzlich eine ganz andere Welt vor uns auf . . . eine Welt voller exotischer Geräte und Gegenstände, Raritäten aus fernen Ländern, alter Möbel, Glaswaren und Schnitzereien . . . die in Regalen, auf Tischen und zwischen Aubreys Wohnmobiliar auf dem Fußboden standen. Der geradezu fantastisch anmutende Raum lag hinter einem kleinen Vestibül, von dem aus eine schmale Treppe in das Dachgeschoß führte. Die Bücher, Kunstschätze und kunsthandwerklichen Gegenstände schienen allesamt selten und kostbar zu sein und erwachten im dämmrigen Licht zu eigenem Leben.

»Aubrey muß ein reicher Mann sein«, bemerkte ich.

»Daran gemessen, was hier herumsteht, ja«, stimmte Pons mir zu. »Wir sollten jetzt allerdings hier nicht Inventur machen, sondern uns nach einem Platz umsehen, wo wir übernachten können.«

»Aber doch nicht hier!« entgegnete ich empört.

»Wo denn sonst? Unsere Rolle erfordert das«, stellte Pons vergnügt fest.

Bei einem kurzen Rundgang durchs Haus entdeckten wir im oberen Stockwerk ein Schlafzimmer und im Parterre einen Alkoven, den Aubrey offenbar als Schlafraum benutzte. Letzterer enthielt eine Couch, an deren Fußende Bettzeug aufgestapelt lag. Der Alkoven war ebenso ordentlich wie das übrige Haus unordentlich war.

»Die Couch dürfte für Sie ganz bequem sein, Parker. Es ist schließlich nicht das erste Mal, daß wir in unseren Kleidern schlafen«, seufzte Pons.

»Und was ist mit Ihnen?«

»Ich nehme den Sessel im Wohnraum«, erwiderte Pons.

»Pons, Sie erwarten doch nicht etwa Besucher?«
»Zu diesem Zeitpunkt wohl kaum. Wir sehen erst mal, was unser Abenteuer morgen bringt.«
Damit ließ er mich im Alkoven allein. Während ich mich auf die Couch legte und versuchte, mich zu entspannen, hörte ich Pons noch eine ganze Weile treppauf, treppab gehen. Und er zog noch immer Schubladen auf und öffnete Schranktüren, als ich endlich in einen unruhigen Schlaf fiel.
Das Tageslicht warf durch die Ritzen der Jalousien bunte Muster in die Räume des Hauses, als Pons mich weckte. »Wir haben gerade noch Zeit zu einem kurzen Frühstück, wenn wir den Zug nach Lincoln von King's Cross aus noch erwischen wollen«, erklärte er. Ich schwang die Beine von der Couch und entdeckte in Pons' Hand einen groben Sack, der offenbar einige schwere Gegenstände enthielt. Ich verkniff mir die Frage, was in diesem Sack sei, da ich Pons' Geschick für Ausreden kannte, doch die Umrisse unter dem Sackrupfen ließen Dinge aus Metall vermuten.
Wir verließen das Haus ganz offen durch den Vorderausgang, wie wir es auch betreten hatten. Pons schien es nicht eilig zu haben. Er blieb noch eine Weile auf der Treppe und dann auf der Straße stehen, sah sich ostentativ nach allen Seiten um, als sei er auf seine Verkleidung besonders stolz. Damit bestätigte er nur meine alte Vermutung, daß mein Freund eine seltsame, geradezu kindliche Freude dabei empfand, sich zu verkleiden, was sicher mit seinem Hang zum Dramatischen zusammenhing.
»Soll ich mit einer Trillerpfeife vielleicht die Aufmerksamkeit auf uns lenken?« schlug ich sarkastisch vor.
»Wir wollen zwar gesehen werden, aber eine Trillerpfeife oder etwas ähnlich Drastisches ist dazu nicht nötig«, entgegnete Pons.
Danach machten wir uns auf den Weg.

Gegen zehn Uhr vormittags saßen wir im Zug nach Lincoln.
»Ich habe gehört, daß Sie nachts noch das Haus durchsucht haben«, begann ich, während die Landschaft vor den Fenstern vorbeiflog. »Was haben Sie gehofft zu finden?«
»Gewisse Gegenstände, die uns heute auf dieser Reise nützlich sein könnten«, erwiderte er. »Dabei habe ich allerdings entdeckt, daß Aubrey in Stow geboren wurde und von dort nach London gekommen ist. Die Farm, die er außerhalb von Stow besitzt, dürfte er daher von seinen Eltern geerbt haben.«
Pons' Augen glitzerten. »Nach der Vielfalt seiner Raritäten zu urteilen, ist Aubrey ein fähiger Kopf.«
Mehr zu sagen war er nicht bereit.
Drei Stunden später stiegen wir in Lincoln in den Zug nach Doncaster um, den wir nach kurzer Fahrt beim Stow Park verließen. Von dort aus machten wir uns auf den beinahe drei Kilometer langen Fußmarsch in das Dörfchen Stow.
Die Wiesen und Weiden der Gegend waren saftig grün, und in Hecken und Gärten blühten zahlreiche Blumen. Buchfinken pfiffen, Lerchen sangen, und der Morgendunst war von der Sonne, die hell am Himmel stand, bereits vertrieben worden. An schattigen Stellen glitzerten noch Tautropfen auf Grashalmen und Blättern, und über der ganzen Landschaft lag ein sanfter, blaßgrüner Schimmer. Mir fiel auf, daß sich Pons auf diesem Weg durchaus Zeit ließ. Inzwischen war es zwölf Uhr mittags. Pons blieb auffällig wortkarg und machte nur einmal eine Bemerkung über die alte normannische Kirche in Stow, die gerade vor uns lag. »Schade, daß wir jetzt nicht die Muße haben, sie zu besichtigen. Den Zug um vierzehn Uhr zehn von Lincoln nach London erwischen wir wohl kaum. Dafür aber den um sechzehn Uhr vierzig. Der letzte Zug geht erst um achtzehn Uhr.«
Kurz hinter der Kirche bog Pons in einen Weg ein und blieb schließlich vor einem einstöckigen Farmhaus stehen, auf des-

sen Rückseite eine Ansammlung von Schuppen und Nebengebäuden zu sehen war. Er betrachtete das Anwesen eine Weile lang schweigend.
»Ich schätze, der Ort, den wir suchen, liegt weit hinter diesen Gebäuden, und das heißt, daß wir von der Straße aus nicht zu sehen sein werden«, bemerkte er endlich. »Aubrey hat die Farm offenbar verpachtet. Kommen Sie, wir machen einen kleinen Umweg.«
Damit gingen wir am Farmhaus vorbei weiter.
»Wonach suchen wir denn eigentlich hier?« erkundigte ich mich ungeduldig.
»Nach einem kleinen Weiher oder einem Bach, in dessen Nähe wir wahrscheinlich Rosensträucher und Bienenstöcke auf einer Weide oder feuchten Wiese finden. Ich tippe auf eine Wiese.« Er deutete nach links. »Und dort unten liegt vermutlich schon unser Weiher.«
Kaum hatte er das gesagt, verließ er bereits den Weg und ging querfeldein.
Vor uns dehnte sich eine kleine Weide aus, in deren ungefährer Mitte eine Gruppe von vier Bäumen und einige Büsche standen, durch die die Umrisse von mehreren Bienenkörben zu sehen waren. Da die Wiese zu einer Senke hin abfiel, schien es durchaus wahrscheinlich, daß dort unten ein Weiher lag; die Vermutung wurde bestärkt, als schließlich ein schmaler Bach sichtbar wurde, der sich in vielen Mäandern durch die Wiese schlängelte.
Als wir näher kamen, entdeckten wir, wie von Pons vorhergesagt, daß die Blütensträucher Rosenbüsche waren, in deren Mitte fünf Bienenkörbe standen. Pons stellte den Sack ab, den er bisher bei sich getragen hatte, und rieb sich mit glitzernden Augen die Hände.
»Dies hier, mein lieber Parker, ist eine ›Trift‹ oder eine ›Matte‹ oder eine ›Weide‹«, sagte er. »Wir haben eine sehr

schöne, ausdrucksstarke Sprache. Es ist jammerschade, daß so viele ihrer interessantesten Wörter mehr und mehr in Vergessenheit geraten.«

»Na, großartig«, entgegnete ich leicht gereizt. »Und wie sind Sie bitte schön darauf gekommen, daß es hier Bienenkörbe und Rosenbüsche geben muß?«

»Ganz einfach durch die Wortkombination ›dorniger Nektarhain‹, mein Lieber«, erwiderte Pons. »Nektar assoziiere ich mit Bienen, und bei dornigen Blütenpflanzen, die Nektar geben, denke ich automatisch an Rosen. Das ist ein Wortspiel, das jeder sprachlich interessierte Mensch ebenso lösen würde. Ich bin daher überzeugt, daß Aubrey sofort gewußt hat, was gemeint war.« Er beugte sich über den Sack. »Und jetzt waten wir mal ein bißchen herum. Und waten können wir, fürchte ich, nur im morastigen Gelände zwischen Weiherufer und Weide.«

Damit nahm er ein Paar halbhohe Stiefel aus dem Sack und tauschte sie gegen seine Straßenschuhe ein. Dann holte er die Einzelteile einer langen Rute hervor und steckte sie zu einer Sonde zusammen.

Er ging zum feuchten Teil der Senke hinunter und begann, mit der Sonde im Morast herumzustochern. An manchen Stellen drang die Rute über einen halben Meter tief ein, und es dauerte gut zehn Minuten, bis Pons damit auf Widerstand stieß. Er ließ die Rute im nassen Erdreich stecken, holte eine Schaufel aus dem Sack und begann, an der markierten Stelle zu graben.

»Passen Sie inzwischen auf, ob Sie jemanden sehen, der uns beobachtet«, bat er mich.

»Dort drüben auf dem Feld auf der anderen Seite des Wegs steht ein Bauer«, sagte ich prompt.

»Der gehört hierher. Vergessen Sie nicht, daß man uns seit gestern abend, als wir Aubreys Haus betraten, beobachtet hat. Jemand ist uns sogar am Morgen bis zum Bahnhof King's Cross gefolgt.«

»Mir ist niemand aufgefallen.«

»Weil Sie nicht darauf geachtet haben, mein Lieber. Ich dagegen habe die Augen offen gehalten. Am Bahnhof King's Cross hat unser Freund allerdings aufgegeben. Ich schätze, daß er zu Aubreys Haus in der Alderney Road zurückgekehrt ist und es weiter bewacht.«

Pons hatte während dieser Unterhaltung weiter gegraben. Jetzt brummte er etwas mit zufriedener Miene. Er war offenbar auf einen Gegenstand gestoßen, den er vorsichtig mit der Schaufel freilegte und aus der Erde hob. Auf seiner Schaufel lag etwas, das wie ein durch die Feuchtigkeit stark mitgenommener Lederbeutel aussah.

Pons trug den Beutel zu dem mitgebrachten Sack hinüber und legte ihn dort nieder. Ein triumphierendes Lächeln überzog sein Gesicht. Dann ging er zum Weiherufer hinunter und wusch Schaufel und Sonde mit Wasser ab. Schließlich wechselte er die Schuhe und säuberte die Stiefel ebenfalls. Anschließend kehrte er mit sämtlichen Utensilien zurück und öffnete vorsichtig den Lederbeutel.

Es kam ein Silberkasten zum Vorschein, dessen Oberfläche dunkel und häßlich angelaufen war.

»Voilà, hier haben wir Lady Canevins Schmuckkassette, Parker«, erklärte Pons. »Den Umständen entsprechend ist sie äußerlich in schlechtem Zustand, aber ich bin überzeugt davon, daß der Inhalt seit dem Tag, an dem Archie Prior vor seiner Verhaftung die Beute versteckt hat, unberührt geblieben ist.«

Damit wickelte Pons die Kassette wieder ein und steckte sie, so schmutzig wie sie war, zu den Schuhen und Werkzeugen in den Sack.

»Und jetzt fahren wir zu Aubreys Haus zurück«, verkündete

er. »Wir machen nur kurz in Lincoln Station, um Inspektor Jamison ein Telegramm zu schicken.«
Am Abend standen wir wieder vor dem Haus in der Alderney Road.
Auf der Veranda sagte Pons, ohne sich umzusehen: »Auf der gegenüberliegenden Straßenseite geht ein kleiner Mann, Parker. Ich schätze, daß wir den Herrn bald näher kennenlernen werden.«
Damit schloß Pons die Haustür auf, und wir gingen hinein.
»Zeit, daß Sie endlich kommen«, ertönte Inspektor Jamisons Stimme aus der düsteren Diele.
»Ich hoffe, Sie haben dafür gesorgt, daß niemand Sie beim Betreten des Hauses gesehen hat«, bemerkte Pons.
»Wir haben wie vereinbart den Hintereingang genommen«, erwiderte Jamison. »Was ist denn das?«
Pons hatte den Sack abgestellt und das in Leder gewickelte Kästchen herausgeholt. Jetzt gab er es Jamison.
Der Inspektor griff danach, zog jedoch im letzten Augenblick die Hand zurück. »Das ist ja ganz schmutzig.«
»Was erwarten Sie anderes von einem Gegenstand, der sieben Jahre lang vergraben war?« konterte Pons. Damit stellte er das Bündel auf einen kleinen Tisch und öffnete es. »Gehen Sie vorsichtig damit um, Jamison. Vielleicht sind noch immer Fingerabdrücke darauf. Wenn mich nicht alles täuscht, ist das Lady Canevins Schmuckkassette.«
Jamison pfiff erstaunt durch die Zähne.
»Sie war genau an der Stelle vergraben, die Archie Prior Aubrey beschrieben hatte«, fuhr Pons fort. Er zog seine Taschenuhr heraus. »Es ist jetzt Viertel vor zehn«, murmelte er und sah auf. »Sind Ihre Leute auf dem Posten?«
Jamison nickte energisch.
»Gut. Wir können es als sicher annehmen, daß man noch heute nacht versucht, die Kassette zu holen. Seit wir das Haus

gestern abend zum ersten Mal betreten haben, wird es bewacht. ›Und nachts erfüllt sich der Plan‹ bedeutet nichts anderes, als daß die Beute abgeholt werden soll, sobald die Kassette von einer der Polizei unverdächtigen Person aus dem Versteck gebracht worden ist.«

»Sie haben den Kode entschlüsselt!« rief Jamison überrascht.

»Von einem Kode konnte nicht die Rede sein. Aber davon später. Einstweilen machen wir das Licht aus, verhalten uns still und harren der Dinge, die da kommen. Es ist wohl besser, wir machen uns so unsichtbar wie möglich. Einer kann sich im Schatten der hohen Kommode, ein zweiter neben dem Büfett und ein dritter hinter der Couch im Alkoven verbergen.«

Pons löschte das Licht, und wir nahmen unsere Plätze ein. Dann begann das Warten, das für Jamison besonders qualvoll zu sein schien, da der korpulente Mann es nicht lange zusammengekauert aushielt und ständig die Stellung wechselte. Im Dunkeln erwachte der Raum erneut zu seinem seltsamen Eigenleben. Die einzelnen Gegenstände schienen im gedämpften Lichtschein, der von draußen ins Zimmer fiel, schattenhaft aufzuleben. Mindestens ein halbes Dutzend antiker Uhren aus Aubreys Sammlung tickte, und im Raum herrschte die leicht modrige Atmosphäre, von der Antiquitäten oft umgeben sind.

Es war nach Mitternacht, als wir endlich Glas klirren hörten. Offenbar hatte unser nächtlicher Besucher ein Loch in eine Glasscheibe geschnitten, um bequem den Riegel öffnen zu können, denn kurz darauf wurde ein Fenster nach oben geschoben. Nach einigen Sekunden absoluter Stille fiel plötzlich ein schmaler Lichtschein ins Zimmer, flackerte unstet von einem Ort zum anderen und ruhte schließlich auf der silbernen Kassette.

Der Lichtkegel wurde immer größer, als sich unser Besucher dem Kästchen näherte. Gerade als er die Hand danach aus-

streckte, schloß sich Pons' Griff unerbittlich um deren Gelenk. Noch im selben Augenblick knipste ich das Licht an.
»Goldie Evers«, seufzte Pons. »Erst vor kurzem aus Dartmoor entlassen.«
»Und offenbar ganz erpicht darauf, so schnell wie möglich wieder dort zu landen«, ergänzte Jamison, der aus seinem Versteck trat.
Goldie Evers, ein hagerer, kleiner Mann mit hellblondem Haar, war wie gelähmt. »Ich habe nichts getan«, brachte er schließlich in seiner Verblüffung heraus.
»Der Tatbestand eines Einbruchs ist bereits erfüllt«, meldete sich Jamison. »Das genügt uns vorerst.«
Damit ging er ins Nebenzimmer, öffnete ein Fenster und bediente seine Trillerpfeife.
»Wir brauchen den Schlüssel, Pons«, bemerkte er dann. »Das Fenster muß repariert und das Haus wieder verschlossen werden, bis wir Zeit haben, hier gründlich Inventur zu machen.«
»Sie werden dabei sicher feststellen, daß Aubrey seit etlichen Jahren als Hehler arbeitet«, erklärte Pons.
Jamisons uniformierte Beamte kamen durch die unverschlossene Haustür.
»Hier ist er, Jungs«, wandte sich der Inspektor an seine Beamten. »Bringt ihn ins Yard und nehmt die silberne Kassette mit. Aber wickelt sie vorher wieder ein und geht vorsichtig damit um. Kommen Sie, Pons. Wir fahren mit dem Polizeiwagen zu Nr. 7 B.«

»Die ganze Geschichte war durchaus nicht mysteriös«, erklärte Pons auf der Rückfahrt zu unserer Wohnung. »Archie Priors verklausulierte Nachricht hat mir allerdings schon deshalb gefallen, weil er einige klangvolle, leider veraltete Wörter unserer Sprache benutzt hat. Eure Kode-Spezialisten haben viel zuviel in diesen Brief hineingeheimnist.

Dabei lag alles klar auf der Hand. Können Sie Archies Worte wiederholen, Parker?«
»›Aubrey, Ihr bejahrter Tagedieb, bemüht Euch zu der kleinen Trift, wo Ihr Euch in der Nähe des dornigen Nektarhains watend ans Werk machen sollt. Und des Nachts erfüllt sich der Plan‹«, zitierte ich.
»Ausgezeichnet«, lobte Pons. »Für einen Mann wie Aubrey, der sich für Sprache und Wortspiele interessiert, war die Nachricht natürlich vollkommen klar. Darin wird Aubrey angewiesen, zur ›Trift‹, nämlich zu seiner Weide in Lincolnshire zu fahren und im sumpfigen Gelände, also ›watend‹ in der Nähe von Bienenkörben und wilden Rosenbüschen, dem ›Nektarhain‹, nach etwas zu suchen. Weiter erfährt er, daß man die Beute ›des Nachts‹ abzuholen gedenke. Ich vermute auch, daß Aubrey für seine Dienste bezahlt werden sollte. Davon erwähnt Prior in seinem Brief allerdings nichts.
Archie Prior mußte selbst im Fall einer Entlassung aus dem Gefängnis damit rechnen, daß ihn die Polizei noch eine Zeitlang überwachen würde. Er konnte also schon deshalb nicht nach Lincolnshire fahren, ohne die Polizei zur Beute zu führen. Dasselbe gilt natürlich auch für den frisch entlassenen Goldie Evers, der vermutlich unter Polizeibeobachtung stand.«
»Stand er leider nicht«, murmelte Jamison zerknirscht.
»Das spielt ja auch jetzt keine Rolle mehr. Als Sie Archie damals so dicht auf den Fersen gewesen sind, Inspektor, mußte er die Canevin-Juwelen unbedingt verstecken. Da er sich gerade in der Nähe der ihm bekannten Farm von Aubrey befand, konnte er die Schmuckkassette dort unbemerkt vergraben. Er hatte allerdings wahrscheinlich keine Ahnung, wie schwer die Beweise wogen, die Sie gegen ihn in der Hand hatten, als Sie ihn in Dour-House verhaftet haben, denn ich bin sicher, daß er glaubte, die Beute inzwischen längst aus dem

Versteck holen zu können. Irgendwann muß er schließlich auf diese Idee mit der schlau ausgedachten Nachricht verfallen sein und die Gelegenheit genutzt haben, sie mit Hilfe von Goldie Evers aus Dartmoor herauszuschmuggeln.«
Pons kicherte. »Jetzt darf er die Früchte seiner genialen Einfälle noch lange genießen. Und ich glaube, daß auch Aubrey, falls er wieder gesund wird, viel Zeit hat, seine Kenntnisse der Philologie zu vervollkommnen.«

Tödliches Stichwort

John Lutz

Die beiden Männer kauerten am bewaldeten Abhang. Sie hatten die Kragen ihrer Trenchcoats gegen den scharfen Herbstwind hochgeschlagen. Mit ihren eleganten Anzügen und blankgeputzten Schuhen wirkten sie inmitten der strahlend herbstlich bunt gefärbten Wälder irgendwie fehl am Platz. Das wiederum schien die beiden jedoch nicht zu kümmern. Der Mann auf der linken Seite starrte angestrengt durch ein Fernglas, und beide horchten auf eine Geräuschkulisse, die ebensowenig in diese Wälder paßte wie sie selbst.

Tonbandgerät und Lautsprecher waren viel zu weit entfernt, als daß man jedes Wort hätte verstehen können, so daß die nasale Stimme aus dem Verstärker wie das Donnergrollen eines antiken Gottes über die Hügel hallte. Hin und wieder trug die glasklare Herbstluft einige Wortfetzen deutlich hörbar zu ihnen herüber: ». . . Freiheit . . . Anlaß zur Sorge . . . Ohne jede Hoffnung . . .«

»Jetzt kommt's«, sagte der Mann ohne Fernglas und neigte den Kopf zur Seite.

Beide horchten angestrengt auf die verzerrt herüberdringenden Worte: ». . . letzten Zuckungen einer zu Ende gehenden Ära . . .«

Der Mann mit dem Fernglas stützte sich ab und beugte sich leicht nach vorn. Er sah ein erhöhtes Podium aus Holz, auf dem man eine bekleidete Strohpuppe aufgerichtet hatte. Seitlich, in einigem Abstand zum Podium, stand ein Mann mit sandfarbenem Haar in einem orangeroten Jagdjackett. Und

ungefähr zwanzig Meter vor der Holztribüne saß ein großer, schwarzer Dobermann.
Kaum ertönte das letzte Wort aus dem Lautsprecher, geriet der Hund schlagartig in Bewegung. Das Tier schnellte auf das Podium zu und sprang der Strohpuppe mit einem mächtigen Satz an die Kehle. Strohhalme wirbelten durch die Luft, als der Hund durch die Wucht des Angriffs über das Ziel hinausschoß. Mit Strohbüscheln zwischen den weißen Zähnen warf sich der Dobermann praktisch noch in der Luft herum und ging erneut zum Angriff über. Diesmal fiel der Kopf der Strohpuppe zu Boden. Der Hund schien plötzlich das Interesse an seinem Opfer verloren zu haben, schüttelte sich, kehrte zu seinem Platz zurück und wartete dort auf ein lobendes Tätscheln und einen Leckerbissen. Von dem Mann im orangefarbenen Jagdrock bekam er beides.
»Er wird immer besser.« Der Mann, der die Szene beobachtet hatte, ließ das Fernglas los, das daraufhin lose am Lederriemen vor seiner Brust baumelte.
»Viel Zeit bleibt ihnen nicht mehr«, erwiderte sein Kollege. Dessen Schläfen unter dem Rand des dunklen, konservativen Huts waren bereits grau. Er hatte ein Dutzendgesicht mit undefinierbar grauen oder blauen Augen und war eine auffällig unauffällige Erscheinung.
Der Mann mit dem Fernglas warf einen flüchtigen Blick zurück zur Waldlichtung. »Jetzt fängt er wieder von vorn an«, murmelte er. »Er muß verdammt viel Geduld haben.«
Der Grauhaarige nickte. »Sollen wir zu diesem Atwater fahren?«
»Es war der beste Tip, den wir gekriegt haben.«
»Ja, der einzig brauchbare.«
Die beiden Männer standen auf und liefen geduckt bergab, bis sie am Fuß der kleinen Anhöhe angelangt waren, von der aus sie das seltsame Schauspiel beobachtet hatten.

Als sie zu ihrem Wagen, einem graulackierten, älteren Modell kamen, dröhnte in der Ferne erneut die nasale Stimme aus dem Lautsprecher.

Die beiden Männer stellten sich Atwater als Sam Chambers und Ed Klein vor. Außerdem wiesen sie sich als FBI-Agenten aus.
»Soviel wir wissen, wendet sich die Polizei um Rat an Sie, wenn es um Tiere geht«, begann der grauhaarige Chambers.
»Ja, ich helfe da gelegentlich«, erwiderte Bob Atwater. Atwater war ein mittelgroßer, freundlicher Mann mit dichtem rotem Haar. Er schenkte Kaffee in drei Tassen ein und stellte sie auf einen länglichen Tisch. Die Einrichtung seines Wohnzimmers war elegant und teuer und im Stil etwas orientalisch. Jedenfalls vermutete man in dieser Umgebung kaum einen Hundezwinger.
»Also, worum geht es diesmal?« fragte Atwater und ließ sich seufzend auf dem Sofa nieder.
»Unseren Informationen nach haben Sie Tiere für Fernsehfilme dressiert«, begann Klein, trank einen Schluck Kaffee und verzog überrascht das Gesicht, als er merkte, wie stark dieser war.
»Ja, eine Zeitlang habe ich das gemacht«, antwortete Atwater. »Erinnern Sie sich noch an Rollo, den Wunderhund?«
»Selbstverständlich«, sagte Chambers lächelnd. »Ich fürchte, wir haben wieder einen Wunderhund für Sie . . . allerdings einen, der darauf abgerichtet ist zu töten.«
»Zu töten? Wen?«
»Generalstaatsanwalt David Ransone.«
»Und warum?« Atwaters Gelassenheit verblüffte die beiden Agenten.
»Er ist immerhin Generalstaatsanwalt und bewirbt sich um das Amt eines Senators«, erklärte Chambers.

»Und wer will ihn töten?«
»Ein Mann namens Joe M'Cord aus dem Norden des Staates New York. Er ist gerade dabei, einen großen Dobermann darauf abzurichten, Ransone auf dem Rednerpodium anzufallen, wenn er dieses Wochenende kommt.«
»Wie groß ist der Hund?« wollte Atwater wissen.
»Er wiegt sicher vierzig bis fünfundvierzig Kilo. Also groß genug.«
Atwater nickte. »Weshalb nehmen Sie ihn nicht einfach fest oder sagen ihm auf den Kopf zu, daß Sie wissen, was er vorhat?«
»Oh, es wäre leicht, seine Absicht zu vereiteln«, meldete sich Klein zu Wort. »Natürlich können wir ihn nicht verhaften. Bisher hat er sich noch nicht strafbar gemacht. Aber wenn er wüßte, daß wir ihn beobachten, würde er seinen Plan aufgeben.«
Atwater schwenkte die Kaffeetasse in seiner Hand. »Und warum tun Sie das nicht?«
»Weil er sich dann nur etwas anderes ausdenken würde«, erklärte Chambers. »Wir können ihn schließlich nicht bis ans Ende seiner Tage beschatten.«
»Sie wollen ihn also nicht nur schnappen, sondern ihn praktisch auf frischer Tat ertappen«, überlegte Atwater laut.
»So ist es«, stimmte Klein zu. »Und zwar am besten so, daß wir hieb- und stichfeste Beweise gegen ihn haben. Das Problem dabei ist, daß wir das nur tun können, indem wir zulassen, daß er seinen Plan durchführt, aber gleichzeitig nicht riskieren dürfen, das Leben des Generalstaatsanwalts aufs Spiel zu setzen. Es ist schließlich keineswegs sicher, daß es uns gelingen würde, den Dobermann in letzter Sekunde noch zu erschießen. Außerdem wäre es gefährlich, inmitten einer Menschenmenge das Feuer auf den Hund zu eröffnen. Es würde eine Panik unter den Zuhörern auslösen.«

»Sie möchten die Angelegenheit also unauffällig bereinigen«, bemerkte Atwater.
»Wenn möglich, ja«, erwiderte Chambers.
»Ransone hält seine Rede auf dem Parkplatz des West-County-Einkaufszentrums«, erklärte Klein. »Es werden über zweitausend Zuhörer erwartet.«
»Auf welches Zeichen oder Signal reagiert der Dobermann und greift an?« wollte Atwater wissen.
»Es ist ein Satz in Ransones Rede. Sie haben ihn vermutlich auch schon gehört, denn er kommt fast in jeder Rede des Generalstaatsanwalts vor. Er pflegt damit die Aktivitäten des amtierenden Senators und seiner Mannschaft zu beschreiben: ›Die letzten Zuckungen einer zu Ende gehenden Ära.‹«
Atwater nickte und dachte einen Augenblick nach. »Der ganze Satz kann kaum als Signal dienen«, sagte er schließlich. »Es muß ein Wort darin stecken, das den Hund veranlaßt, sich bereit zu halten, und ein weiteres, bei dem er dann angreift. Ersteres ist vermutlich das Wort ›Zuckungen‹. Und ich schätze, daß ›Ära‹ das eigentliche Kommando ist, auf das hin er losspringt. Ich tippe auf ›Zuckungen‹ und ›Ära‹, weil diese Ausdrücke nicht sehr häufig vorkommen und weil außerdem der richtige Zeitabstand zwischen ihnen liegt.«
»Dann wollen Sie uns also helfen, die Sache zu bereinigen?« fragte Chambers.
»Ich habe da vielleicht eine Idee«, murmelte Atwater. »Dadurch könnte ich M'Cords Absicht vereiteln und Ihnen gleichzeitig die nötigen Beweise gegen ihn liefern. Schließlich habe ich vor, für Ransone zu stimmen.«

Der große, rot-weiß lackierte Bus, den Ransone und seine Mannschaft im Wahlkampf benutzten, traf pünktlich um drei Uhr nachmittags auf dem Parkplatz des Einkaufszentrums ein. Atwater schätzte die versammelte Menge auf über zweitausend Menschen, als er sich gegen das Schaufenster eines Herrenbekleidungsgeschäfts lehnte, das ungefähr dreißig Meter vom Rednerpodest entfernt lag. M'Cord und sein Dobermann waren noch nirgends zu sehen.

Aus den Lautsprechern auf dem Dach des Busses dröhnten kaum verständliche Wahlkampfslogans, während das Fahrzeug langsam auf die mit Wimpeln geschmückte Rednertribüne zurollte. Die Menge begleitete die kurze Fahrt mit Jubel und schwenkte ihre Fähnchen.

Zuerst stiegen die Mädchen von Ransones Paradetruppe aus dem Bus und bildeten ein hübsches Spalier für den Generalstaatsanwalt und seine Wahlkampfmannschaft. Dann stieg Ransone aus dem Bus. Er war kleiner, als man nach den Fotos von ihm hätte annehmen können, und strahlte jene dynamische Jugendfrische aus, die sich beim Streben nach höheren Ämtern immer als so nützlich erweist. Charisma, dachte Atwater lächelnd.

Als Ransone die Holzstufen zur Rednertribüne hinaufging, brauste noch stärkerer Jubel auf. Dieser hielt an, bis der oberste Verwaltungsbeamte des Distrikts die Hand hob, um Ruhe bat und seine lange und sorgfältig vorbereitete Vorrede begann.

Atwater wandte den Kopf und sah, wie sich M'Cord mit dem Dobermann den Weg durch die Menge bahnte. Die beiden steuerten genau auf den Platz zu, von dem Atwater angenommen hatte, daß er der Ausgangspunkt für den grausigen Dressurakt sein würde. Atwater hätte ihn sich für ein solches Unternehmen nämlich ebenfalls ausgesucht. Von dort konnte der Hund die Rednertribüne in wenigen Sekunden auf geradem Weg erreichen, ohne von allzu vielen Menschen behindert zu werden. M'Cord blieb vor dem Eingang des ehemaligen Gesundheitsclubs stehen. Der Dobermann setzte sich artig auf ein Handzeichen seines Herrn. Atwater hatte den

Hund einmal zusammen mit den beiden FBI-Agenten beim Training in der Waldlichtung beobachtet, doch aus der Nähe wirkte das Tier noch imposanter. Der gut fünfundvierzig Kilo schwere Hund war mit seiner Kraft und Geschmeidigkeit jeder Zoll ein edler Schau-Hund.

Schade, daß ein solch schönes Tier für einen so üblen Zweck mißbraucht wird, dachte Atwater. Der Hund selbst handelte natürlich nicht in böser Absicht. Für ihn war das Ganze nichts weiter als eine Übung. Er tat nur das, wozu er von seinem geliebten Herrn abgerichtet worden war. Dem Tier war es völlig gleichgültig, ob er nun einer Strohpuppe oder dem Generalstaatsanwalt Ransone die Kehle durchbiß. Er wollte zum Schluß lediglich die Liebkosung durch den Herrn und einen Leckerbissen.

Ransone hatte inzwischen mit der für ihn charakteristischen nasalen Stimme seine Rede begonnen. Atwater sah sich um und entdeckte Chambers und Klein. Er nickte ihnen zu und schlug dann jene Seite des Redemanuskripts von Ransone auf, auf der ein Satz mit Rotstift unterstrichen war. Atwater hoffte, daß Klein und Chambers ihm uneingeschränkt vertrauten.

Dann bedeutete M'Cord seinem Hund mit energischem Handzeichen dazubleiben und ging langsam davon. In Hut und hellem Regenmantel wirkte er vollkommen unauffällig. Gerade als sein heller Regenmantel in der Menschenmenge verschwand, nahm Chambers die Verfolgung auf. Beide Männer würden gut einen Kilometer weit entfernt sein, wenn die verhängnisvollen Worte ausgesprochen werden würden.

Atwaters Blick schweifte erneut zu dem schwarzen Dobermann hinüber. Der Hund saß noch immer gelassen, ohne jedes Anzeichen von Nervosität oder innerer Anspannung auf seinem Platz. Das änderte sich auch in den nächsten fünf Minuten nicht.

Mittlerweile war der wortgewaltige Ransone in seiner Rede auf der Seite angelangt, die Atwater im Manuskript aufgeschlagen hatte. Atwater merkte, wie die Leibwächter des Generalstaatsanwalts langsam unruhig wurden. Hände verschwanden in Brusttaschen von Jacketts und Mänteln.
»Meine Damen und Herren, was wir jetzt erleben . . .«
Sämtliche Augenpaare der Sicherheitsbeamten auf dem Rednerpodium waren auf den schönen Dobermann gerichtet.
Beim Wort ›Zuckungen‹ nahm der Hund plötzlich eine gespannte Haltung an. Er neigte den Körper sprungbereit nach vorn.
Dann schienen sich seine Muskeln mit einem Mal wieder zu entspannen, er neigte den Kopf leicht zur Seite und richtete sich sitzend auf.
Ransone fuhr ungestört in seiner Rede fort. Einer der Leibwächter lächelte, und Klein nickte Atwater zu. Noch ein Absatz, dann war Ransones Rede beendet.

»Ich war mir offen gestanden nicht sicher, daß es klappen würde«, sagte Klein zu Atwater.
Atwater lächelte und drehte die Hundepfeife zwischen den Fingern, mit der man Töne erzeugen konnte, die zwar nicht mehr vom menschlichen Ohr, aber durchaus von Hunden wahrgenommen wurden. »Es gibt praktisch nur eine Methode, einen hervorragend dressierten Hund dazu zu bringen, den Gehorsam zu verweigern«, begann Atwater. »Man muß erreichen, daß das Tier das Kommandowort nicht hören kann. Als das Stichwort fiel, hörte der Dobermann lediglich einen schrillen Ton aus dieser Pfeife, den nur Hundeohren wahrnehmen können.« Atwaters Blick schweifte zu dem Dobermann hinüber, der noch immer gehorsam abwartend auf seinem Platz saß. »Und jetzt sollten wir für die nötigen Beweise gegen M'Cord sorgen.«

Inzwischen waren Ransone und seine Mannschaft im Wahlkampfbus abgefahren, die Menschenmenge zerstreute sich, und die Polizei begann damit, den Platz abzuriegeln und Filmkameras aufzustellen.
Als sich nur noch Polizeibeamte und Kameramänner auf dem Platz befanden, holte Atwater die Strohpuppe aus dem Kofferraum seines Kombis und stellte sie auf das Rednerpodest. Die Kameras surrten. Atwater verließ die Tribüne und wartete in respektvoller Entfernung.
Aus den Lautsprechern tönte die näselnde Stimme von Generalstaatsanwalt Ransone mit jenem Teil der Rede, in dem die Stichworte für den Angriff des Hundes vorkamen.
Beim Ausdruck ›Zuckungen‹ neigte sich der Körper des Hundes mit gespannten Muskeln nach vorn, und als das Wort ›Ära‹ fiel, schnellte er auf die Tribüne zu und warf die Strohpuppe im ersten Angriff zu Boden. Sämtliche Kameras liefen. Dann machte der Dobermann kehrt, um die bereits auf dem Boden liegende Strohpuppe endgültig zu erledigen.
»Es ist derselbe Schauplatz und die gleiche Rede«, bemerkte Atwater. »Und wir haben einen Film und Zeugen. Es gibt eine Menge Menschen, die beschwören können, daß M'Cord es war, der den Hund hierhergebracht hat. Damit dürfte bewiesen sein, daß er das Tier nur dazu abgerichtet hat zu töten.«
Klein nickte grinsend. »Und Ihre Aussage, daß Sie mit einer Hundepfeife verhindert haben, daß das, was mit der Strohpuppe passiert ist, auch dem Generalstaatsanwalt passiert wäre, dürfte M'Cord eine lange Zeit hinter Gitter bringen.« Er sah auf die Uhr. »In diesem Augenblick wird er vermutlich von Chambers verhaftet.« Klein sah Atwater an. »Die Regierung honoriert Ihre Dienste sicher angemessen, Bob.«
»Vielleicht kann man es so einrichten, daß ich den Hund bekomme. Er ist ein Prachtkerl, und ich mache schon in kurzer Zeit wieder einen brauchbaren Hund aus ihm.«

Das Haus in Chinatown

Robert Alan Blair

Ng Har, der Geflügelhändler, kam schon früh in den Kräuterladen, wo sich Fat Jow noch auf das Tagesgeschäft vorbereitete.
»Mein Bruder Ng Chak ist verschwunden«, verkündete Ng Har.
Fat Jow brummte als Antwort nur Unverständliches und ließ sich nicht bei der Arbeit stören. Ng Chak war ein gewissenloser Opportunist, der weder von harter Arbeit noch von klugen Spekulationen, sondern von der Ausbeutung der Schwächen anderer lebte. In der westlichen Hemisphäre würde man ihn einen Schwindler nennen. Allerdings war er bisher immer im Rahmen dessen geblieben, was gesetzlich erlaubt war.
»Ich weiß, daß du ihn nicht leiden kannst«, fuhr Ng Har fort. »Mir geht es ja auch nicht besser. Aber der Familiensinn verlangt es, daß ich mich um ihn kümmere. Wir haben seit einem Monat nichts mehr von ihm gehört. Das letzte, was ich weiß, ist, daß er sich drüben über dem Hügel in einem Haus eine Wohnung gemietet hat, weil er glaubte, die Eigentümerin habe ihr Geld irgendwo auf dem Grundstück versteckt. Bisher hat sich Ng Chak spätestens alle zwei Wochen wieder bei mir gemeldet, um Geld zu pumpen.« Ng Hars Schwäche bestand darin, nie nein sagen zu können.
»Vielleicht hat er das Vermögen seiner Vermieterin inzwischen gefunden und braucht sich kein Geld mehr zu pumpen«, bemerkte Fat Jow sarkastisch. »Aber was habe ich überhaupt damit zu tun?«

»Ich bin zu dir gekommen, weil Ng Chaks Vermieterin die ›Wandernde Lady‹ ist.«
In diesem Teil San Franciscos hatte jeder die ›Wandernde Lady‹ auf ihrer täglichen Runde durch die Straßen einmal gesehen. Sie kam praktisch aus einem anderen Jahrhundert mit ihrer straffen Haltung, dem energischen Gang und den schwingenden Armen mit den zu Fäusten geballten Händen, als mißbillige sie diese Welt, durch die sie hastete.
Sie trug stets ein knöchellanges, schwarzes Kleid aus feinstem Wollstoff mit einem Hauch von Spitzen an Handgelenken und Halsausschnitt. Der Rocksaum fiel knapp über halbhohe Knopfstiefel, die Sealjacke war ebenfalls schwarz, und ein breitrandiger Hut auf dem dichten weißen Haar machte die Erscheinung vollkommen. Die Lady hatte ein kantiges, energisches Kinn und einen offenen, geraden Blick, mit dem sie jeden einzuschüchtern verstand.
Fat Jows Interesse war jedenfalls geweckt. Er hielt bei seinen Vorbereitungen inne und sah Ng Har an. »Sie ist erst vor kurzem bei mir im Laden gewesen.«
»Ich weiß. Man hat sie gesehen. Was könnte sie, eine Weiße, eigentlich bei einem chinesischen Kräuterhändler schon kaufen wollen?«
»Sie ist nicht das erste Mal bei mir gewesen«, entgegnete Fat Jow. »Offenbar kennt sie die Wirkungen der Kräuter recht genau. Sie kauft meistens Kräutermischungen zur Stärkung des Magens, gegen Schmerzen und Schlaflosigkeit.«
»War vielleicht auch etwas dabei, mit dem man einen Menschen umbringen könnte?« erkundigte sich Ng Har leise.
»In genügend hoher Konzentration dürften einige Kräuter sicher tödlich sein.« Fat Jow öffnete die Ladentür. »Geh jetzt. Mal sehen, was ich in Erfahrung bringen kann.«
Fast den ganzen Vormittag über versuchte Fat Jow jene Gedanken zu verdrängen, die Ng Har mit seiner bösen Phan-

tasie heraufbeschworen hatte. Gegen Mittag wurde ihm dann allerdings klar, daß er vergeblich dagegen ankämpfte. Er machte den Laden zu und ging über den Hügel. Es war ein angenehm kühler Tag, und die Sonne begann eben, den Morgennebel aufzulösen.
Das Haus lag in der Nähe der Van Ness Street an den westlichen Ausläufern von Chinatown, das sich dort wie ungleiche Finger über den Abhang der Hügel hinunterstreckte. Es lag wie eine Insel der Vergangenheit inmitten von Apartmentblocks; ein dreistöckiges, guterhaltenes Zeugnis der Eleganz viktorianischer Architektur. Den kleinen Vorgarten beschattete eine riesige Palme, die sicher schon so alt wie die Stadt war und mit ihren kräftigen Wurzeln das Gras verdrängte und Erde und Asphaltdecke des Bürgersteigs aufgeworfen hatte.
Ein Schild mit der Aufschrift ›Wohnung zu vermieten‹, das in einem Fenster links neben der Haustür hing, gab den Ausschlag. Fat Jow stieg kurz entschlossen die drei Stufen zur breit überdachten Veranda hinauf und drückte auf den untersten von sechs Knöpfen auf dem polierten Messingschild rechts von der Tür, neben dem ›Adah Baxter, Hausverwalterin‹ stand.
Hier in ihrem Reich wirkte sie beinahe noch imposanter, und beim näheren Hinsehen entdeckte Fat Jow viele feine Linien in ihrem Gesicht, die die Spuren von hundert Jahren hätten sein können.
»Ich komme wegen der Wohnung«, begann Fat Jow.
Ihre Stimme hatte ein dunkles, weiches Timbre. »Ich kenne Sie. Sie sind doch der Mann aus dem Kräuterladen.« Damit machte die alte Dame die Tür weit auf. »Bitte, kommen Sie herein.«
Fat Jow fand sich plötzlich in einer Umgebung wieder, deren Glanz durch die Jahre nicht gelitten hatte. Die Eingangshalle reichte drei Stockwerke hinauf und gipfelte in einer Glaskup-

pel, in deren Scheiben sich das Licht wie ein regenbogenfarbiger Wasserfall brach. Unter seinen Füßen breitete sich ein gepflegter Parkettfußboden aus, und die Wände waren mahagonigetäfelt. Auf der rechten und linken Seite der Halle führte je eine geschwungene Treppe in den ersten Stock, wo sich beide zu einer eleganten Galerie vereinigten und von dort in die oberen Etagen weiterleiteten.
»Sie sind beeindruckt«, bemerkte die alte Dame. »Das ist gut. Sie wissen jetzt bereits, weshalb ich meine Mieter sorgfältig aussuche. Dieses Haus ist mein Leben. Ich kann zwar nicht erwarten, daß die anderen es ebenso lieben wie ich, aber ich verlange wenigstens Achtung und Respekt.«
Fat Jows Blick schweifte in jede Ecke der Eingangshalle. Er interessierte sich mittlerweile weit mehr für Adah Baxter und ihr Haus als für den Verbleib von Ng Chak. »Aber dieses Haus verdient es, geliebt zu werden«, sagte er schließlich aufrichtig begeistert. »Hier spürt man die Atmosphäre des alten San Francisco . . . des San Francisco vor dem Erdbeben mit anschließendem Feuer.«
Adah Baxters strenge Züge wurden weich. Fat Jow konnte sich nicht erinnern, sie jemals lächeln gesehen zu haben.
»Ich glaube, Sie passen hierher«, erklärte sie und wandte sich einer Tür auf der rechten Seite der Eingangshalle zu. »Kommen Sie in meine Wohnung. Dort können wir uns weiter unterhalten.«
Adah Baxters Salon war ebenso nostalgisch wie seine Bewohnerin: ein Orientteppich, ein Kamin aus gelben italienischen Kacheln, das mit Trauerflor geschmückte Foto eines schnurrbärtigen Verwandten, ein grünes Roßhaarsofa und der dazu passende Sessel, ein Schaukelstuhl auf festem Untersatz, ein Tisch mit Marmorplatte und Füßen in der Form von Löwenpranken, eine kugelförmige ehemalige Petroleumlampe, die jetzt mit Strom betrieben wurde.

Die alte Dame bedeutete Fat Jow, in einem Sessel Platz zu nehmen, setzte sich dann vor den Kamin und verschränkte die Arme vor der Brust. »Sie müssen verzeihen, wenn ich neugierig erscheine, aber ich habe meine Gründe. Leben Sie allein?«
»Ja . . .«, kam es vorsichtig von Fat Jow. Antworten durfte er erst später erwarten. Mittlerweile mußte er offen sein.
»Haben Sie ein gesichertes Einkommen?«
»Es ist zwar bescheiden, aber ich habe wenig Ansprüche. Materielle Güter reizen mich nicht. Dadurch verherrlicht man nur leere Werte wie Stellung und Besitz. Meiner Ansicht nach habe ich Erfolg . . . und darauf kommt es schließlich an.«
Adah Baxter musterte ihn eine Weile nachdenklich. »Schade, daß Sie nicht schon früher zu mir gekommen sind. Ich möchte jemanden im Haus haben, der nicht hinter meinem Geld her ist. Am liebsten sind mir Asiaten. Es gibt nur zwei Wohnungen im Parterre, und eine davon ist meine. Sie wissen, wie die Leute reden.«
Fat Jow nickte kaum merklich mit gesenkten Lidern. »Ich verstehe. Und der frühere Mieter . . . ist er ebenfalls ein asiatischer Gentleman gewesen?«
»Asiatisch ja, aber Gentleman nein«, entgegnete die alte Dame verächtlich.
Fat Jow legte die Fingerspitzen aneinander. »Dann . . . Sie hatten also Schwierigkeiten mit ihm?«
»Schwierigkeiten . . . nicht direkt. Nachdem ich ihn dabei ertappt hatte, wie er hier herumgeschnüffelt hat, mußte ich ihn lediglich loswerden. So was kann ich einfach nicht ausstehen, wissen Sie.« Adah Baxter stand auf. »Kommen Sie! Sie sollen sich die Wohnung mal ansehen.«
Die alte Dame führte Fat Jow durch eine Glastür mit Vorhängen an den Scheiben auf der linken Seite der Eingangshalle in den ehemaligen Ballsaal der herrschaftlichen Villa. Dort stand noch das Orchesterpodium, und von der Decke hing ein

riesiger Kristalleuchter. Das alles wurde vielfach in den Spiegelwänden reflektiert.
Adah Baxter deutete auf eine zerbrochene Scheibe in der Spiegeltäfelung. »Sie ist seit 1906 kaputt . . . mein Souvenir vom Erdbeben. Ich habe es nie übers Herz gebracht, sie austauschen zu lassen. Mit einem neuen Spiegel wäre dieser Raum nicht mehr derselbe gewesen. Ich bilde mir ein, daß diese Spiegel mit all den Bildern, die sie im Lauf der Jahre eingefangen haben, von unschätzbarem Wert sind.«
Fat Jow war begeistert. »Wenn diese Wände sprechen könnten . . . Sie hätten sicher eine fantastische Geschichte zu erzählen.«
Adah Baxter wandte sich seufzend der nächsten Tür zu. »Vermutlich . . . aber leider eine Geschichte, die schon fast zu Ende ist.«
Und dann erzählte sie Fat Jow von den Baxters, die mit ehemaligen Berühmtheiten wie Crocker, Flood, Stanford und Vallejo verkehrt hatten. Sie hatten noch erlebt, wie das Embaracadero schwarz von Segelmasten war, und geholfen, das reiche Kalifornien aufzubauen. In der Eingangshalle dieses Hauses waren Leute wie Robert Louis Stevenson, Ulysses Grant, Sam Clemens, Enrico Caruso und Jack London willkommen geheißen worden. Hier hatten Empfänge, Bälle, Vortragsabende und Dichterlesungen stattgefunden; Anlässe, bei denen die Kutschen vor der hohen Palme Schlange gestanden hatten, denen mit Schmuck behängte Damen und Herren mit Backenbärten entstiegen waren. Und all das hatte von der Galerie im dritten Stock aus ein kleines Mädchen miterlebt, das längst hätte im Bett sein sollen.
Sie kehrten in die Eingangshalle zurück. Adah Baxter sagte nachdenklich: »So schön es auch gewesen ist, es hat mich zu sehr verwöhnt. Mein dummer kleiner Kopf wurde so vollgestopft mit all dem Glanz, daß ich mich selbst ganz vergessen

und nur das Leben dieser berühmten Persönlichkeiten gelebt habe. Als ich dann plötzlich aufgewacht bin und mich umgesehen habe, war ich erwachsen und allein. Das Leben war völlig an mir vorbeigegangen. Wissen Sie, warum ich so viel in den Straßen herumlaufe?«
»Nein. Das haben sich offen gestanden schon viele gefragt«, murmelte Fat Jow.
»Ich bin zu menschlichen Kontakten unfähig. Ich habe Angst vor den Menschen und der Welt außerhalb dieses Hauses. Dort ist für mich noch immer alles fremd und bedrohlich. Viele Jahre lang habe ich mich gezwungen, das Haus zu verlassen und durch die Stadt zu laufen. Aber sobald mich jemand anspricht, würde ich am liebsten in den Erdboden versinken. Deshalb sehe ich die Leute immer nur streng an und gehe weiter. Nur hier im Haus fühle ich mich sicher.« Sie deutete auf ihre Wohnungstür. »Vier Zimmer . . . das ist alles, was mir noch ganz allein gehört . . . meine Zuflucht. Dabei konnte ich mich früher im ganzen Haus ausbreiten. Ich versuche es natürlich zu erhalten, aber wenn ich nicht mehr lebe, wer weiß, was dann daraus wird? Vermutlich reißen sie das alte Gebäude ab und stellen einen modernen Apartmentblock hin. Viele Bauunternehmer haben schon versucht, es mir abzukaufen. Diese Aasgeier! Ich bin froh, daß ich nicht mehr erleben werde, was sie damit anstellen. Ich bin die letzte Baxter. Ich habe keine Erben.«
Fat Jow nickte mitfühlend. »Haben Sie denn keinen Anwalt, keine Bank, die Ihre Interessen schützt?«
Adah Baxter straffte abweisend die Schultern. »Ich traue niemandem. Die wirtschaften doch alle nur in die eigene Tasche. Und weil ich alt, reich und verschroben bin, halten sie mich für leichte Beute. Aber ich bin nicht dumm. Ich habe schon viele von dieser Sorte kommen und gehen sehen und ihnen bewiesen, daß sie sich irren. Jetzt lassen sie mich in Ruhe.

Mein Vater hat mich gut erzogen. ›Gib ihnen nie auch nur die geringste Chance‹, hat er immer gesagt. ›Der Mißbrauch von Vertrauen ist die einzige unverzeihliche Sünde.‹«
»Ein kluger Mann«, bemerkte Fat Jow. »Aber er gehörte zur Pioniergeneration, als jeder Mann noch sich selbst Gesetz war. Diese Zeiten sind doch jetzt vorbei. Die Befürchtungen, die Sie bezüglich der Zukunft dieses Hauses haben, bewahrheiten sich sicher, wenn Sie nicht jetzt schon Vorsorge treffen. Ich rate Ihnen dringend, einen Anwalt zu konsultieren.«
Sie neigte den Kopf leicht zur Seite und musterte ihn prüfend. »Sie haben Sinn für dieses Haus. Weshalb übernehmen Sie es nicht?«
»Sie schmeicheln mir, aber die Verantwortung ist zu groß. Ich würde es nicht wagen, Ihre Angelegenheiten zu regeln . . .« Er lächelte. ». . . und schon gar nicht, Ihr Vertrauen zu mißbrauchen.«
Zu Fat Jows großer Verblüffung brach Adah Baxter in ein herzliches Lachen aus, das durch die hohe Halle schallte. »Das wird ja immer besser! Wir beide kommen sicher blendend miteinander aus.«
Dann sprach Fat Jow vorsichtig einen Gedanken aus, der ihm gerade gekommen war. »Obwohl ich das Haus vielleicht kaufen . . .«
»Kaufen? Sie?« Das klang keineswegs abwehrend, sondern nur prüfend. »Also jetzt, wo ich darüber nachdenke, gibt es eigentlich niemanden, dem ich es lieber verkaufen würde . . . falls ich mich zum Verkauf entschließen sollte.«
»Natürlich mit der vertraglich festgelegten Auflage, den Besitz in seinem gegenwärtigen Zustand zu erhalten«, ergänzte Fat Jow.
»*Falls* ich mich überhaupt zum Verkauf entschließen sollte«, wiederholte sie energisch.
Fat Jow zuckte mit den Achseln. »Dann vermieten Sie mir

doch einfach die Wohnung, solange Sie sich noch nicht entschieden haben.«
Adah Baxters Augen leuchteten. »Sie nehmen die Wohnung also?«
»Vielleicht mache ich eine große Dummheit. In meiner alten Wohnung fühle ich mich seit vielen Jahren ausgesprochen wohl. Aber dem Charme Ihres Hauses kann ich einfach nicht widerstehen.«
Die alte Dame ergriff Fat Jows Hände. »Sie wissen gar nicht, wie tröstlich es für mich ist, jemanden im Haus zu haben, der nichts von mir will.«
Regte sich plötzlich Fat Jows schlechtes Gewissen? »Jeder will etwas anderes«, bemerkte er vage.
»Eigentlich wollte ich Ihnen Tee anbieten, aber der Anlaß ruft nach etwas Stärkerem«, erklärte die alte Dame. »Kommen Sie und sehen Sie sich den Weinkeller meines Vaters an!« Adah Baxter führte Fat Jow unter dem Treppenaufgang hindurch in einen schmalen Korridor auf der Rückseite des Hauses. »Vater hat dort ausländische Weine und Kognaks gelagert, die zum Teil hundert und mehr Jahre alt sind. Ich hole mir nur selten eine Flasche davon. Ich trinke ungern allein. Eine alleinstehende Frau muß vorsichtig sein.«
Hinter der Tür führte eine steile Treppe in ein düsteres Gewölbe hinunter. Die alte Dame knipste ein schwaches Licht an. »Der Keller ist groß. Falls Sie also Koffer oder Kisten haben, die Sie nicht in der Wohnung behalten möchten, stellen Sie sie ruhig hierher. Sie müssen nur darauf achten, daß nichts feucht und schimmelig wird.«
Dann stiegen sie in das Gewölbe hinunter, in dem es nach Staub, Moder, Heizöl und schwerem, süßem und altem Wein roch. Der Keller bestand aus einem einzigen großen Raum, der von dicken Holzpfeilern getragen wurde, die die Balken des Hauses stützten. Die einzige Lichtquelle war eine von der

Decke baumelnde Glühbirne. Fat Jow wußte selbst nicht, weshalb die Gedanken an Ng Chak, die er bisher so erfolgreich verdrängt hatte, plötzlich mit geradezu ärgerlicher Intensität wiederkehrten. Diese Tatsache machte ihm Ng Chak nur noch unsympathischer. Welches Recht hatte eine solche Kreatur, eine einzigartige Persönlichkeit wie Adah Baxter zu belästigen?
Sie hatten kaum den Fuß der Treppe erreicht, als oben plötzlich laut eine Glocke schrillte. Adah Baxter drehte sich um. »Das ist sicher der Junge vom Supermarkt. Ich muß ihn reinlassen.«
»Soll ich das schnell machen?« erbot sich Fat Jow.
Die alte Dame lief die Treppe hinauf. »Nein, nein. Ich habe die Rechnung von vergangener Woche noch nicht bezahlt.« Oben im Türrahmen drehte sie sich noch einmal um. »Der Weinkeller ist geradeaus. Suchen Sie eine Flasche aus und bringen Sie sie herauf, ja?«
Fat Jow hörte, wie sich ihre Schritte auf dem Teppich im Korridor entfernten. Die endlosen Reihen staubiger und von Spinnweben überzogener Flaschen vermochten seine Aufmerksamkeit kaum zu fesseln, und bald schweiften seine neugierigen Blicke aufmerksam durch das düstere Gewölbe. Dann stieg ihm plötzlich ein neuer, beunruhigender Geruch in die Nase: der Geruch von frischem Zement.
Langsam, die Hände auf dem Rücken und den Kopf gesenkt, als sei er tief in Gedanken versunken, schritt Fat Jow die Kellerwände ab. Er wagte es kaum, sich einzugestehen, wonach er suchte, und fand es dann doch in der dunkelsten und entlegensten Ecke des Kellers: ein frisch zementiertes Viereck im alten Betonfußboden von ungefähr sechzig Zentimetern Breite und hundertachtzig Zentimetern Länge.
Es gab mehrere harmlose Erklärungen für das Vorhandensein dieses Vierecks . . . brüchiger Fußboden, ein verstopftes

Abflußrohr . . . und doch hatte Fat Jow das Gefühl, daß all das nicht zutraf, sondern daß er statt dessen die Ursache für Ng Chaks plötzliches Verschwinden entdeckt hatte.
Fat Jow stand wie erstarrt, während ein kühler Luftzug über seinen Nacken strich, und das Klopfen seines Herzens schien das einzige Geräusch auf der Welt zu sein. Doch die Angst hatte einen Widersacher: Trauer. Aber Fat Jow war nicht wegen Ng Chak traurig; vielmehr bekümmerte es ihn, was er Adah Baxter jetzt antun mußte. Er wünschte sich sehnlichst, alles rückgängig machen zu können. Für Ng Chak hatte er nichts weiter übrig als Wut, weil dieser ihn in solch eine unangenehme und traurige Situation gebracht hatte.
Dann erlosch die einzelne Glühbirne und überließ ihn einer grenzenlosen Dunkelheit, die auch durch das blinde Fenster hoch oben in der Außenwand nicht gemildert wurde. Fat Jow schrie unwillkürlich auf, dann beherrschte er sich. Er wagte nicht, sich zu bewegen. In seiner plötzlich sehr überreizt reagierenden Phantasie stellte er sich vor, sie sei nur auf Armeslänge von ihm entfernt. Vielleicht war es eine perverse Art von Gerechtigkeit: Plante nicht auch er, wenn auch widerwillig, ihr Vertrauen zu mißbrauchen, sie zu hintergehen?
Von oben drang Adah Baxters tiefe Stimme zu ihm herunter. »Oh, sind Sie noch da unten?« Das Licht ging wieder an. Die alte Dame stand in der Kellertür. Die Hand hatte sie noch auf dem Lichtschalter. Ihre Miene war ausdruckslos. »Entschuldigen Sie. Ich dachte, Sie seien längst wieder oben.«
Fat Jow brachte schließlich soviel Mut und Kraft auf, langsam die Kellertreppe hinaufzusteigen. »Das macht doch nichts.« Seine Stimme klang merkwürdig belegt und unsicher, doch er entschuldigte sich nicht. Die Lüge wäre ebenso durchsichtig gewesen wie die Angst, die dahintersteckte.
»Aber Sie haben ja gar keinen Wein ausgesucht«, bemerkte Adah Baxter lediglich.

Waren Ärger oder Enttäuschung aus ihrer Stimme herauszuhören? Er versuchte, ihre Gedanken zu erraten, aber wie so oft vermochte er im Gesicht eines Weißen nicht zu lesen. Schließlich versuchte er, seiner Stimme wieder den normalen, sicheren Klang zu geben. »Tut mir leid, aber ich kann wohl doch nicht bleiben.« Er hatte die oberste Stufe erreicht, und Adah Baxter trat beiseite, um den Weg in den Korridor freizugeben. Die Eingangshalle und die Haustür schienen trotzdem noch weit. Außerdem war Adah Baxter größer und stärker, wenn auch älter als Fat Jow.
»Sie haben es sich doch nicht anders überlegt, oder?« fragte sie.
»Ich muß jetzt gehen.« Er wich vor ihr zurück, und als sie keine Anstalten machte, ihm den Weg zu versperren, lief er, mutig geworden, schneller. Jetzt erst folgte sie ihm schweigend.
Ihre Schritte hallten zuerst gedämpft auf dem Teppich des Korridors und dann lauter über das blanke Parkett der Eingangshalle. Doch erst als Fat Jow den kühlen Messingknauf der Haustür in der Handfläche spürte und die Tür öffnete, drehte er sich um. Als er in ihren Augen las, wie sehr er sie durch sein Verhalten offenbar verletzte, biß er die Zähne zusammen. »Es tut mir aufrichtig leid«, murmelte er.
»Bitte, was ist passiert? Habe ich was Falsches gesagt?«
Er konnte sie zwar nicht länger täuschen, doch er wollte sich den Rückzug freihalten. Nachdem er aus der totenstillen Halle in die grelle Vormittagssonne hinausgetreten war und das Erlebnis im düsteren Keller fast zur Unwirklichkeit verblaßte, holte Fat Jow tief Luft und fragte leise: »Eines muß ich wissen, Miss Baxter. Wo ist Ng Chak?«
Adah Baxter machte abrupt auf der Schwelle halt und starrte ihn ehrlich überrascht an. »Sie kennen ihn?«
»Leider. Sein Bruder ist mein ehrenwerter Freund.«

Adah Baxter machte eine wegwerfende Handbewegung. »Aber er ist es nicht wert, daß man sich um ihn Sorgen macht.«
»Da mögen Sie recht haben. Trotzdem habe ich seinem Bruder ein Versprechen gegeben. Wo ist also Ng Chak?«
»Unten im Keller natürlich«, erwiderte sie gelassen. »Ich habe Ihnen doch bereits gesagt, daß ich ihn losgeworden bin.«
Fat Jow starrte die alte Dame an. »Aber wie?« flüsterte er.
Sie tätschelte lächelnd seinen Arm. »Ihre Kräuter . . . ich habe festgestellt, daß sie im Tee besonders wirksam sind. Sahne, Zucker und Zitrone überdecken den Nebengeschmack vollkommen.«
In Fat Jows Kummer mischte sich das beunruhigende Gefühl, daß er ganz unbewußt ihr Komplize geworden war. Er mußte zugeben, daß ihre Methode diskret und intelligent war und daher einem so peniblen, sorgfältigen Menschen wie ihr auch durchaus entsprach. »Wir müssen die Polizei verständigen«, erklärte er traurig.
»Also, wenn das alles ist, was Sie bedrückt«, begann sie fast erleichtert. »Die Polizei weiß bereits Bescheid. Ich habe die Sache selbstverständlich sofort gemeldet. Schließlich bin ich ein braver Staatsbürger. Mir fällt ein Stein vom Herzen. Ich dachte schon, Sie wollten die Wohnung doch nicht nehmen . . . wo ich mich doch schon so auf Sie gefreut hatte!«
Sie muß verrückt sein, dachte Fat Jow. Dann murmelte er hastig: »Ich rufe Sie an« und lief die Verandatreppe in den Vorgarten hinunter.
Er konnte ihr nicht mehr in die Augen sehen. Als er sich schließlich an der Ecke zur Van Ness Street umdrehte, stand sie noch immer winkend vor der Haustür.
Fat Jow ging in die nächstbeste Telefonzelle, wählte die Nummer der Polizei und fragte nach seinem Freund Detective Lieutenant Cogswell. Wer sonst hätte ihm geglaubt? Nach

einigen Minuten meldete sich Cogswell am anderen Ende und hörte sich Fat Jows aufgeregten Bericht wie immer ruhig und verständnisvoll an.
Schließlich sagte Cogswell: »Mach dir deshalb keine Sorgen! Miss Baxter ist eine harmlose, exzentrische alte Dame. Wir führen hier seit fünfzig Jahren eine Akte über sie. Alle fünf Jahre ruft sie einmal bei uns an, entschuldigt sich, weil sie uns schon wieder belästigen muß, und meldet, daß sie sich wieder eines unliebsamen Mieters entledigt habe . . . und zwar auf die übliche Art und Weise. Wenn du den Keller genauer untersuchst, findest du dort gut ein halbes Dutzend sogenannter Gräber, die sie regelmäßig dort anlegt, um sich selbst davon zu überzeugen, daß alles Wirklichkeit ist. Wir bedanken uns jedes Mal herzlich dafür, daß sie ihre Bürgerpflicht so ernst nimmt, und versichern ihr, daß wir nur einen vertraulichen Bericht abfassen, um sie keinerlei Peinlichkeiten auszusetzen. Damit scheint sie dann wieder ein paar Jahre glücklich und zufrieden zu sein.«
»Und wo ist Ng Chak?« wollte Fat Jow wissen.
Cogswell lachte. »Der ist vermutlich noch immer auf der Flucht. Sein schlechtes Gewissen hat ihm Beine gemacht. Wenn Miss Baxter dich schon so erschreckt hat, obwohl du nichts getan hattest, wie muß ihm dann erst zumute gewesen sein? Immerhin war er hinter ihrem Geld her. Dieses Vermögen existiert übrigens gar nicht. Die alte Dame ist völlig mittellos. Sie verlangt noch Mieten wie vor dem Ersten Weltkrieg und lebt davon. Mittlerweile ist sie fast bankrott. Nur aus nostalgischen Gefühlen heraus lassen ihre Gläubiger sie gewähren. Sie ist praktisch so was wie ein Wahrzeichen unserer Stadt. San Francisco wäre nicht mehr dasselbe, wenn es sie nicht mehr gäbe. Laß ihr ihren Spaß.«
Fat Jow hielt noch eine Weile den stummen Hörer in der Hand und versuchte, Ordnung in seine wirren Gedanken zu brin-

gen. Vor allem schämte er sich seines makabren Verdachts und war gleichzeitig froh, daß er jetzt seiner Laune nachgeben und im nostalgischen Glanz des Ballsaales der Baxters wohnen konnte. Er nahm sich vor, darauf zu bestehen, Adah Baxter eine realistische Miete zu bezahlen und dann in aller Ruhe mit ihr die Bedingungen des Kaufvertrags auszuhandeln, denn er war zuversichtlich, daß sie verkaufen würde.
Jetzt, da eine schwere Last von ihm genommen war, kehrte Fat Jow nach Chinatown und in die Geschäftsstraße Grant Avenue zurück, wo sich bereits Touristen und Kauflustige zu drängen begannen. Normalerweise mied er den Trubel in der schmalen Einbahnstraße, doch sein Pflichtbewußtsein verlangte es von ihm, daß er das Geflügelgeschäft aufsuchte.
Sobald Ng Har einen Kunden abgefertigt hatte, kam er zu Fat Jow, wischte sich die schmutzigen Hände an der Schürze ab und fragte: »Na, hast du was herausbekommen?«
Fat Jow berichtete ihm kurz, was er erfahren hatte. Als er Cogswells Worte wiederholte, brach Ng Har in schallendes Gelächter aus.
»Dadurch, daß er aus Angst vor der ›Wandernden Lady‹ davongelaufen ist, hat Ng Chak das Gesicht verloren«, frohlockte er. »So schnell läßt er sich in Chinatown sicher nicht mehr blicken.«
Fat Jow zuckte mit den Schultern. »Hier vermißt ihn auch niemand.«
Am Anfang der darauffolgenden Woche zog Fat Jow in seine neue Wohnung ein und war von der aufrichtigen Herzlichkeit gerührt, mit der Adah Baxter ihn empfing. Da er wußte, daß sie keinen Scheck annehmen würde, hatte er für die erste Monatsmiete einen Hundertdollarschein bei seiner Bank geholt. Obwohl die alte Dame seit den glanzvollen Tagen ihres Vaters eine solche Banknote kaum mehr zu Gesicht bekommen haben konnte, zeigte sie keine sichtbare Reaktion

und widersetzte sich auch nur kurz Fat Jows Beharren, damit eine und nicht, wie sie vorgeschlagen hatte, zwei Monatsmieten bezahlen zu wollen.
Nachdem er sich einigermaßen eingerichtet hatte und noch während er einige Dinge in eine Kiste und mehrere Koffer packte, die er im Keller unterbringen wollte, klopfte Adah Baxter an die offene Glastür. »Ich muß Sie leider in Zukunft ab und zu stören«, entschuldigte sie sich. »Früher mußte ich immer warten, bis meine Mieter ausgegangen waren, bevor ich an mein Versteck konnte, aber jetzt ist das ja nicht mehr nötig.« Damit nahm sie ein großes, dreieckiges Stück aus der zerbrochenen Scheibe der Spiegeltäfelung. Dahinter kam ein großer Hohlraum zum Vorschein. »Finden Sie es nicht auch Ironie des Schicksals, daß mein Schatz die ganze Zeit über hier vor ihren Nasen gewesen ist?«
Sie holte eine braune Kassette aus dem Versteck, und Fat Jow sah, daß sich noch mindestens zwei weitere in dem Hohlraum befanden. Dann stellte sie die Kassette auf das Orchesterpodium, schloß sie mit einem Schlüssel auf, den sie an einer Kette um den Hals trug, und schlug den Deckel zurück.
Fat Jow spürte geradezu, wie sein wohlwollendes Lächeln gefror. Die Hundertdollarnote, die er ihr gegeben hatte, wanderte zu einer zahllosen Menge gleichwertiger Geldscheine, mit denen die Kassette bis an den Rand gefüllt war.
Schließlich stellte Adah Baxter die Kassette in das Versteck zurück und wischte die Fingerabdrücke von der Spiegeloberfläche. Beim Hinausgehen drehte sie sich noch einmal um, lächelte ihm zu und sagte: »Ich weiß, daß Sie sich hier sehr wohl fühlen werden.«

Gegenwärtig hat Fat Jow genügend Platz für den Schrankkoffer und die Kisten in der Wohnung gemacht, um keine Veranlassung zu haben, auch nur in die Nähe des Kellers zu gehen.

Er stellt weder Adah Baxter noch der Polizei oder sich selbst aus Angst vor unangenehmen Antworten weitere Fragen.
Sorgfältig überlegt er, wie er das Thema des Hausverkaufs anschneiden kann, ohne sie zu verletzen oder zu verärgern. Er hat keine Eile, denn es ist ihm klar, daß es seine vordringlichste Aufgabe als Eigentümer – selbstverständlich nur im Fall von Adah Baxters Tod – ist, den Kellerboden neu betonieren zu lassen.
Inzwischen, das heißt, solange er Ng Chak noch nicht wohlauf und munter persönlich zu Gesicht bekommt, trinkt er nur dann mit seiner Vermieterin Tee, wenn er ihn selbst zubereitet hat . . . und auf Wein verzichtet er ganz.

Notarzt in Nöten

Harold Q. Masur

Kaum hatten wir den Flur des Gerichtsgebäudes erreicht, verzerrte sich Papas Gesicht schmerzlich. »Ich sterbe«, stöhnte er. »Ich verblute.«

»Unsinn, es geht Ihnen bestens, Papa«, widersprach ich. »Sie überleben uns alle.«

»Zehntausend«, jammerte er. »Auf Ihr Anraten hin habe ich die Kaution für diesen Verrückten gestellt. Sie sind mir ein schöner Anwalt! Kein Risiko, haben Sie behauptet. Und wo ist der Bursche jetzt? Weshalb ist er nicht vor Gericht erschienen?«

Papa war Nick Papadopolous, glatzköpfig, dunkelhäutig, korpulent und mit vielen roten Äderchen im Gesicht, die ein auffälliges Muster auf seiner breiten Nase bildeten. »Papa, Sie stellen berufsmäßig für andere Leute Kaution. Sie sind ein Bürge«, bemerkte ich. »Risiken gibt's bei jedem Geschäft. Manchmal gewinnt man eben, manchmal verliert man.«

Papa hatte dafür nur ein weiteres Stöhnen übrig. »Sie müssen ihn finden, Jordan. Soviel sind Sie mir schuldig. Ich habe Ihnen vertraut, und Sie haben gehört, was der Richter gesagt hat. Entweder der Bursche erscheint morgen früh Punkt zehn Uhr vor Gericht, oder ich kann die Kaution in den Wind schreiben. Wenn er verduftet ist, dann sind Sie dran, Jordan. Ich mache Sie mit sämtlichen anderen Kaution-Verleihern der Stadt fertig. Und danach werden Sie nie wieder auch nur einen Cent bei uns auftreiben können.«

»Er wird da sein, Papa. Und wenn ich ihn persönlich zum

Richtertisch tragen muß. Jaffee ist nicht der Mann, der verschwindet, wenn er Kaution gestellt hat. Dafür steht für ihn zuviel auf dem Spiel.«

Davon war ich durchaus überzeugt. Würde ein Mediziner, Assistenzarzt in einem Krankenhaus, Karriere und Zukunft aufs Spiel setzen, eine Kaution aufgeben, nur um sich irgendwo zu verstecken, weil auf ihn eine Gerichtsverhandlung wegen Körperverletzung wartete? Das erschien mir ziemlich unwahrscheinlich. Dr. Allan Jaffee, ein begabter Arzt, jung, gutaussehend, fleißig und ehrgeizig, schien alles zu besitzen . . . außer Willensstärke. Er war ein leidenschaftlicher Spieler, der auf Poker, Würfel, Roulette, Pferderennen . . . einfach alles versessen war. Jaffee hatte bereits ein beachtliches ererbtes Vermögen verspielt und hatte jetzt, da er nicht mehr flüssig war, bei seinem Buchmacher viertausend Dollar Schulden. Nachdem Jaffee den Buchmacher eine Zeitlang hingehalten hatte, bekam er von diesem einen Schlägertyp in die Wohnung geschickt. Das allerdings hatte sich als Fehler erwiesen. Freund Jaffee, ein ehemaliger Collegemeister im Weltergewicht, hatte dem Geldeintreiber das Nasenbein gebrochen, ihm mehrere Zähne ausgeschlagen und ihm etliche Prellungen und Blutergüsse zugefügt. Da es bei dieser Auseinandersetzung nicht gerade leise zugegangen war, hatte jemand schließlich die Polizei verständigt. Und die Beamten hatten den Geldeintreiber in einen Krankenwagen und Jaffee umgehend ins Gefängnis verfrachtet.

Bei der ersten Vorverhandlung hatte sich der Richter entgegen meinem Vorschlag, das Ganze als Notwehr zu betrachten, mit dem Staatsanwalt einverstanden erklärt, eine hohe Kaution festgesetzt, die Fäuste eines ausgebildeten Boxers als gefährliche Waffe eingestuft und den Termin für die Hauptverhandlung genannt.

So kam es, daß an diesem Morgen in der Verhandlung des Vol-

kes vom Staat New York gegen Allan Jaffee der Richter, die Geschworenen, der Staatsanwalt, der Anwalt . . . einfach alle auf der Matte standen und nur einer nicht erschien, nämlich der Angeklagte.
»Euer Ehren«, begann ich schließlich. »Der Angeklagte ist Arzt im Manhattan General Hospital. Es ist durchaus möglich, daß er zu einem Notfall gerufen wurde und deshalb verhindert ist. Wir haben also offenbar ein Problem . . .«
»Irrtum, mein verehrter Herr Anwalt. *Wir* haben kein Problem. *Sie* haben ein Problem. Ich gebe Ihnen genau zwanzig Minuten, es zu lösen.« Der Richter ordnete eine Pause an.
Ich sprintete also aus dem Gerichtssaal in den Korridor und zur nächsten Telefonzelle. Von dort rief ich das Krankenhaus an, doch niemand wußte, wo sich Jaffee aufhielt. Schließlich versuchte ich es unter seiner Privatnummer, doch die war ständig besetzt. Offenbar hatte Jaffee seine Wohnung noch gar nicht verlassen.
Als die zwanzig Minuten vorüber waren, trat ich vor den Richtertisch und sagte zu dem mich wütend musternden Richter: »Euer Ehren, darf ich um die Geduld des Gerichts bitten . . .«
»Die Geduld des Gerichts ist erschöpft«, fiel er mir ins Wort. »Mr. Jordan, dieses Verhalten, diese grobe Mißachtung gegenüber dem Geld des Staates und der Zeit seiner Beamten ist unentschuldbar. Ich werde sofort einen Haftbefehl ausstellen lassen, der umgehend ausgeführt werden soll. Falls der Angeklagte den Zuständigkeitsbereich dieses Gerichts verlassen haben sollte, wird die Kaution eingezogen. Sie haben bis morgen früh um zehn Uhr eine letzte Frist.« Damit erklärte er die Verhandlung für vertagt und rief den nächsten Fall auf.
Papas Erregung war verständlich. Bei der weltweiten Liquiditätskrise waren zehntausend Dollar eine Menge Geld. Ich nahm seine Hand von meinem Arm und kehrte in die Telefonzelle zurück. Jaffees Privatnummer war noch immer besetzt.

Ich versuchte es ein zweites und drittes Mal, doch ohne Erfolg. Dabei ließ ich es bewenden, ging auf die Straße hinaus, nahm ein Taxi und fuhr damit zur 79. Straße.
Jaffee wohnte im zweiten Stock eines alten, vornehmen Hauses. Auf mein Klingeln meldete er sich nicht. Die Tür war unverschlossen. Was mich dahinter erwartete, war das totale Chaos. Die Wohnung war vollkommen auf den Kopf gestellt worden. Ich steuerte sofort auf das Schlafzimmer zu und rechnete mit dem Schlimmsten.
Jaffee kauerte, den Rücken gegen das Bett gelehnt, auf dem Fußboden. Diesmal schien er hoffnungslos unterlegen gewesen zu sein. Ein ihm ebenbürtiger oder wahrscheinlich mehrere ebenbürtige Boxer hatten ihn sich gründlich vorgenommen. Sein Gesicht war völlig entstellt. Er versuchte zu sprechen, brachte jedoch nur ein heiseres Krächzen heraus. Der Arzt brauchte einen Arzt, und zwar schnell.
Ich sah mich nach dem Telefon um und entdeckte, daß der Hörer lose an der Schnur über die Tischkante baumelte. Das erklärte natürlich, weshalb ich immer nur das Besetztzeichen bekommen hatte. Ich drückte kurz die Gabel hinunter, erhielt das Freizeichen und wählte die Nummer des Manhattan General Hospitals. Den Leuten dort erklärte ich, daß einer ihrer Assistenzärzte schwer verletzt sei, und nannte Namen und Adresse. »Es sieht nach einem dringenden Fall aus. Beeilen Sie sich, wenn Ihnen an dem Kollegen was liegt.«
Als ich mich wieder zu Jaffee umdrehte, merkte ich, daß dieser inzwischen bewußtlos geworden war. Für ihn war das sicher eine Wohltat.
Dann kam der Krankenwagen, und man erlaubte mir, Jaffee zu begleiten. Ich saß neben dem Fahrer, während man hinten Erste Hilfe leistete. Wir rasten mit heulender Sirene durch die Stadt, überfuhren etliche rote Ampeln und erschreckten einige Fußgänger.

»Wer hat ihn denn eigentlich zusammengeschlagen?« erkundigte sich der Fahrer des Krankenwagens.
»Keine Ahnung. Ich habe ihn so gefunden.«
»Sind Sie ein Freund von Jaffee?«
»Ich bin sein Anwalt.«
»Ach so. Er sollte doch heute morgen vor Gericht erscheinen, oder?«
»Das wissen Sie?«
»Na klar. Jaffee hatte diese Woche mit mir Notarztdienst. Dabei hat er mir erzählt, daß er seinen Buchmacher nicht mehr bezahlen könne, deshalb einen der Geldeintreiber zusammengeschlagen habe, es jedoch reine Notwehr gewesen sei, sein Anwalt ihm allerdings gesagt habe, daß Geschworene ziemlich unberechenbar seien. Aus diesem Grund war er gestern früh verständlicherweise reichlich nervös. Mann, Jaffee war wirklich in einer bemitleidenswerten Verfassung. Um so mehr hat mich dann auch sein Stimmungsumschwung erstaunt.«
»Stimmungsumschwung?«
»Na, den ganzen Vormittag lang ist er mit einem Gesicht wie sieben Tage Regenwetter herumgelaufen, und dann plötzlich ist er in Hochstimmung, lacht und macht Witze.«
»Und wann haben Sie diese Veränderung an ihm bemerkt?«
»Gleich nachdem wir diese Stewardeß eingeladen hatten.«
»Welche Stewardeß?«
»Na, die von den Global Airlines.« Der Fahrer des Krankenwagens zog eine Grimasse. »Armes Mädchen. Sie war mit einem Kleinbus der Fluggesellschaft vom Kennedy Airport aus in die Stadt gefahren und hatte sich am Grand Central Bahnhof absetzen lassen. Sie wollte gerade die Lexington Avenue überqueren, als das Taxi sie erfaßt hat. Mann, der Taxifahrer muß ein Tempo drauf gehabt haben! Die Kleine hat übel ausgesehen. Jaffee hat ihr kaum eine Chance gege-

ben durchzukommen. Keine Ahnung, was er mit ihr dahinten gemacht hat, aber er hat sich verdammt viel Mühe gegeben: Spritzen, Sauerstoff . . . alles mögliche, bis wir sie ins Krankenhaus gebracht hatten. Als er wieder herausgekommen und wegen des nächsten Notfalls zu mir in den Wagen gestiegen ist, ist mir die Veränderung an ihm aufgefallen. Es war wirklich komisch. Ihn schien überhaupt nichts mehr zu bedrücken. Er grinste vom einen Ohr zum anderen.«
»Wissen Sie noch, wie das Mädchen hieß?«
»Korth. Alison Korth. Ich hab's mir gemerkt, weil Jaffee noch in der Notaufnahme helfen mußte, so daß ich die Formulare ausgefüllt habe.«
Er fuhr den Krankenwagen einen Block weiter östlich, stellte die Sirene ab, bog auf eine Rampe ein und sprang dann hinaus, um zu helfen, den Patienten auf einer Bahre durch die Glastür zu schieben, hinter der ihn bereits ein Ärzteteam erwartete. Eine Krankenschwester mit strengem Blick verstellte mir den Weg und forderte mich auf, in der Eingangshalle zu warten.
Dort dachte ich zwischen Menschen mit ernsten Gesichtern über den jungen Jaffee nach. Am wahrscheinlichsten war, daß sein Buchmacher, ein Mann namens Big Sam Tarloff, es nicht auf sich hatte sitzenlassen können, daß einer seiner Muskelprotze von einem säumigen Schuldner einfach zusammengeschlagen worden war. Schließlich könnten ihn die Leute sonst auslachen, und wie sollte er unter diesen Umständen potentielle Drückeberger bei der Stange halten? Schließlich mußte Sam Tarloff zu dem Schluß gekommen sein, an Jaffee ein Exempel zu statuieren.
Ich war rastlos und nervös. Neugier ließ Tatenlosigkeit nicht zu. Deshalb stand ich auf, schlenderte zum Empfang hinüber und fragte das Mädchen im Glaskasten nach der Zimmernummer von Miss Alison Korth. Sie sah in ihrer Kartei nach.

»Zimmer 625.«
Ich fuhr mit dem Lift hinauf, ging am Stationszimmer vorbei, fand die richtige Zimmernummer und streckte den Kopf durch die halbgeöffnete Tür. Das Mädchen im Bett war von Kopf bis Fuß bandagiert. Es hatte die Augen geschlossen und schien unter starken Beruhigungsmitteln zu stehen. Ihr linker Arm und das rechte Bein lagen im Streckverband, das Gesicht war grau und eingefallen.
»Sind Sie Arzt?« erkundigte sich eine Stimme, und ich fuhr erschrocken zusammen.
»Nein, Madam«, antwortete ich.
»Falls Sie schon wieder ein Agent von der Versicherung des Taxifahrers sind, verschwinden Sie. Wir übergeben die Sache einem Anwalt. Mit dem können Sie dann verhandeln.«
»So ist es richtig. Das ist genau das, was Sie tun sollten«, stimmte ich ihr zu. »Sind Sie eine Freundin von Alison?«
»Ich bin ihre Schwester.«
»Bleiben Sie hart. Lassen Sie sich von einem dieser Typen ja nicht zu einer vorschnellen Vereinbarung überreden.«
Sie stand auf und kam näher. Ihre dunklen Augen musterten mich aufmerksam. »Kennen Sie Alison?«
»Nein, Madam.«
»Wer sind Sie dann?« Ich gab ihr eine Visitenkarte. Sie las sie stirnrunzelnd. »Scott Jordan. Der Name kommt mir irgendwie bekannt vor. Aber wir haben noch gar keinen Anwalt beauftragt. Verfolgen Sie Krankenwagen, um Klienten zu bekommen?«
»Kaum, Miss Korth. Verkehrs- und Versicherungsdelikte sind nicht mein Metier.«
»Wen vertreten Sie dann?«
»Dr. Allan Jaffee.«
»Sie meinen den Arzt, der Alison im Krankenwagen hierhergebracht hat?«

»Richtig.«
»Er ist sehr nett. Gestern hat er mehrmals nach Alison gesehen, während ich hier gewesen bin.« Sie sah mich skeptisch an. »Ich verstehe nur nicht ganz, weshalb Dr. Jaffee einen Anwalt braucht.«
»Das ist eine lange Geschichte, Miss Korth. Ich würde gern bei einer Tasse Kaffee mit Ihnen darüber reden. Das Krankenhaus hat unten eine ganz gute Cafeteria.« Als sie zögerte, fügte ich hinzu: »Im Augenblick können Sie hier doch nichts für Ihre Schwester tun. Falls sich ihr Zustand irgendwie ändern sollte, kann man Sie ja ausrufen lassen.«
Alisons Schwester dachte einen Augenblick nach, nickte und ging dann mit mir den Korridor entlang zum Lift. Unterwegs machte sie kurz halt, um der Stationsschwester Bescheid zu sagen. Als die Lifttür aufging, kam ein Mann heraus. Er blieb wie angewurzelt stehen.
»Hallo, Vicky.«
»Hallo, Ben«, erwiderte sie kühl.
»Wie geht es Alison?«
»Unverändert«, antwortete sie.
»Hat sie das Bewußtsein wiedererlangt?«
»Nur für kurze Zeit. Dann hat sie wieder Spritzen bekommen und schläft jetzt. Sie darf nicht gestört werden.«
Der Mann namens Ben sah mich fragend an. Er war groß und muskulös, hatte derbe Züge, dunkles, lockiges Haar und war sportlich gekleidet. Vicky machte uns bekannt.
»Das ist Captain Ben Cowan, der Copilot auf Alisons letztem Flug. Scott Jordan.«
Ben Cowan nickte kurz. »Wollten Sie gerade gehen?«
»Wir sind auf dem Weg in die Cafeteria«, erklärte ich.
»Darf ich mich anschließen?«
»Eigentlich nicht«, wehrte Vicky ab. »Mr. Jordan und ich haben Geschäftliches zu besprechen.«

Ben Cowan nahm den Korb gelassen hin. »Ich verstehe. Dann sagen Sie bitte Alison, daß ich hier gewesen bin und bald wiederkomme, ja?«
»Selbstverständlich.«
Während wir mit dem Lift hinunterfuhren, wechselten die beiden kein Wort mehr miteinander. Im Erdgeschoß stieg Captain Cowan aus, und wir fuhren noch eine Etage tiefer. Ich trug zwei Tassen Kaffee zu einem kleinen Ecktisch.
»Sie scheinen den Captain ja nicht besonders zu mögen«, bemerkte ich.
»Ich kann ihn, gelinde gesagt, nicht ausstehen.«
»Ist er eng mit Alison befreundet?« fragte ich weiter.
Vicky zog eine Grimasse. »Alison ist vernarrt in ihn . . . sie ist einfach verrückt nach ihm. Mir gefällt das gar nicht. Ben Cowan ist nicht gut für sie.«
»Inwiefern?«
»Nennen Sie es Instinkt . . . weibliche Eingebung. Was Sie wollen. Alison und ich haben ein gutes und enges Verhältnis zueinander. Wir teilen uns meine Wohnung, wann immer Alison mit ihrer Fluglinie New York anfliegt. Sie hat vor ungefähr einem Jahr eine Affäre mit Cowan angefangen und ist seit dieser Zeit völlig auf ihn fixiert. Früher hat sie sich mir meistens anvertraut, aber seit sie Ben kennt, ist sie verschlossen . . . und hat sogar Heimlichkeiten vor mir. Alison ist von jeher ein bißchen naiv und viel zu vertrauensselig gewesen. Ich mache mir deshalb Sorgen. Und jetzt dieser . . . dieser . . .« Ihr Kinn begann zu zittern, doch sie beherrschte sich und hielt die Tränen zurück.
Ich trank ein paar Schluck Kaffee, um ihr Zeit zu geben, sich zu fangen. Nach einer Weile fragte sie mich mit leiser, heiserer Stimme nach Jaffee. Ich erzählte ihr von dessen Spielschulden, der Schlägerei, der Anklage wegen Körperverletzung, daß er am Morgen nicht vor Gericht erschienen war und wie

ich ihn gefunden hatte. Vicky war entsetzt. Lange konnte ich damit ihre Gedanken jedoch nicht von Alison ablenken. Als sie immer unruhiger wurde, fuhr ich mit ihr wieder in den sechsten Stock hinauf und machte mich dann auf die Suche nach einem Arzt, der mir über Jaffees Zustand Auskunft geben konnte.

Ich sprach schließlich mit einem Stationsarzt, der todmüde aussah und wütend war; müde, weil er seit zehn Stunden ununterbrochen Dienst tat, und wütend, weil er ständig Leute zusammenflicken mußte, die sich mit andern geprügelt hatten. »Tut mir leid, Sir«, sagte er. »Dr. Jaffee kann jetzt mit niemandem reden.«

»Nicht mal mit seinem Anwalt?«

»Nicht mal mit seinem Schöpfer. Erstens mußten wir seinen Kiefer schienen, und zweitens haben wir ihn mit Beruhigungsmitteln für die nächsten vierundzwanzig Stunden ruhiggestellt.«

»Kann er schreiben?«

»Ja. Sobald die gebrochenen Finger ordentlich verheilt sind. Versuchen Sie's in ein paar Tagen noch mal.«

In ein paar Tagen war es vielleicht zu spät, und ich hatte keine Lust zu warten. Ich verließ daher das Krankenhaus und winkte gerade nach einem Taxi, als sich eine schwere Hand auf meine Schulter legte. Es war Captain Ben Cowan von den Global Airlines.

»Tut mir leid, wenn ich Sie belästige, Mr. Jordan«, begann er, »aber ich mache mir ziemliche Sorgen wegen Alison. Im Krankenhaus will mir niemand was sagen. Ich dachte, da Sie ein Freund von Vicky sind, wissen Sie vielleicht mehr.«

»Weshalb fragen Sie nicht Vicky selbst?«

Er machte ein trauriges Gesicht. »Vicky und ich kommen nicht besonders gut miteinander aus. Ich glaube, sie mag mich nicht.«

»Tja, ich muß Ihnen leider sagen, daß ich auch nichts weiß, Captain.«
»So?« Ben Cowan runzelte die Stirn. »Haben die Ärzte Vicky denn keine Auskunft gegeben?«
»Darüber haben wir überhaupt nicht gesprochen. Ich kenne eigentlich keine der beiden Schwestern. Vicky bin ich heute zum ersten Mal begegnet.«
Ben Cowan schien ehrlich verblüfft. »Vicky hat da aber einen anderen Eindruck erweckt. Ich dachte, Sie seien ins Krankenhaus gekommen, um mit ihr zu sprechen.«
»Ich wollte nicht mit ihr, sondern mit einem meiner Klienten sprechen«, entgegnete ich.
»Mit einem Klienten?« fragte er verwirrt.
»Ich bin Anwalt und vertrete den Assistenzarzt, der Alison nach dem Unfall als erster behandelt hat.«
»Jaffee?«
»Richtig. Dr. Allan Jaffee.«
»Tja, dann können Sie mir wohl kaum weiterhelfen.«
»Leider nicht«, stimmte ich ihm zu, als ein Taxi vor mir hielt.

Tarloff besaß ein Antiquariat in der Fourth Avenue, ein großes, gutgehendes Geschäft, das stets ein paar interessante Erstausgaben auf Lager hatte und vom Schwager des Eigentümers geführt wurde. Im zweiten Stock unterhielt Sam Tarloff ein vielbeschäftigtes Wettbüro, in dem es bei ständig klingelnden Telefonen laut und hektisch zuging und die Angestellten einen verschlagen musterten. Big Sam selbst war ein korpulenter, bärenstarker Mann mit einem unpassend unschuldigen Lächeln, der meistens auf einem Podest saß und alles und jeden beobachtete.
Big Sam erkannte mich sofort. »Ah, der Herr Anwalt, nett, Sie zu sehen«, begrüßte er mich freundlich. »Gehen wir in mein Büro. Dort sind wir ungestört.« Ich folgte ihm in einen

kleinen Raum. Er sah mich strahlend an. »Nun, was kann ich für Sie tun, Mr. Jordan?«
»Ich hätte gern mal mit Ihren sogenannten Assistenten gesprochen.«
»Und weshalb?«
»Spielen Sie nicht den Ahnungslosen, Samuel. Sie wissen ebenso gut wie ich, daß Dr. Jaffee im Krankenhaus ist.«
»Wo sollte er denn sonst sein? Schließlich arbeitet er dort.«
»Natürlich, aber im Augenblick ist er Patient.«
»Was ist ihm denn passiert?«
»Jemand hat ihn halb tot geschlagen. Es würde mich zum Beispiel interessieren, ob Sie verstauchte Handknöchel haben.«
»Ich? Sie glauben, ich habe das getan?«
»Sie oder einer Ihrer Muskelprotze. Das ist doch ein ganz logischer Schluß, oder?«
»Weil er einen meiner Leute zusammengeschlagen hat?«
»Deshalb, und weil er Ihnen noch immer Geld schuldet«, erwiderte ich.
»Da irren Sie sich, Herr Anwalt. Er schuldet mir überhaupt nichts. Jaffee hat gestern abend seine Schulden bis auf den letzten Cent zurückbezahlt. Und zwar in bar und einschließlich der Zinsen.«
»Samuel, ich bin nicht von gestern. Wo sollte Jaffee bei seinem Assistenzarztgehalt soviel Geld hergenommen haben?«
»Woher er's hat, interessiert mich nicht, Mr. Jordan. Ich habe ihm sogar eine Quittung ausgestellt. Fragen Sie doch Jaffee.«
»Er kann nicht sprechen. Sein Kiefer mußte geschient werden.«
»Dann durchsuchen Sie seine Taschen. Irgendwo muß er die Quittung haben.«
Wenn man schon so viele Zeugen im Kreuzverhör gehabt hat wie ich, entwickelt man ein Gespür dafür, ob jemand die Wahrheit sagt. Tarloff log nicht. Ich glaubte ihm. »Sie haben

doch Ihre Antennen überall, Sam. Wer, glauben Sie, könnte Jaffee auf dem Gewissen haben?«
Tarloff drehte die Handflächen nach oben. »Keine Ahnung. Aber früher oder später mußte so was ja mal passieren. Jaffee ist ein ziemlich rücksichtsloser junger Mann. Er spielt, ohne das Geld dazu zu haben. Vielleicht stand er auch noch bei einem der Kredithaie in der Kreide. Wenn Sie wollen, horche ich mich mal um.«
»Dafür wäre ich Ihnen sehr dankbar.«
»Wie wär's mit einer kleinen Wette, Mr. Jordan? Eine dreijährige Stute in Belmont? Nur sollten Sie Ihren Wettschein bitte nicht an einem der Schalter auf der Rennbahn abliefern.«
»Heute nicht, Sam. Kann ich mal telefonieren?«
»Bedienen Sie sich.«
Ich rief im Manhattan General Hospital an, ließ mich mit Vicky Korth im Zimmer ihrer Schwester verbinden und fragte sie, ob Alison eine Freundin bei der Fluggesellschaft habe. Vicky nannte eine Stewardeß namens Ann Leslie, die in New York normalerweise im Barbizon, einem Hotel für alleinstehende Frauen, übernachtete. Sie erbot sich außerdem, dort anzurufen und Ann Leslie meinen Besuch anzukündigen.
Als ich ankam, erwartete mich Ann Leslie bereits in der Empfangshalle. Sie war ein schlankes junges Mädchen, das sich ebenfalls Sorgen um Alison machte und wissen wollte, wann sie die Kranke endlich besuchen könne.
»In ein paar Tagen«, antwortete ich.
»Verdammter Mist!« Sie zog eine Grimasse. »Mittwoch bin ich für den nächsten Flug eingeteilt.«
»Wohin geht's denn?« erkundigte ich mich.
»Wieder nach Amsterdam. Wie das letzte Mal. Mit Ausnahme von Alison sind wir auch dieselbe Crew. Ich werde sie vermissen.«
»Captain Ben Cowan geht es sicher ähnlich«, bemerkte ich.

Ann Leslie musterte mich prüfend. »Sie wissen über ihn Bescheid?«
»Vicky hat mir alles erzählt. Sie ist über diese Beziehung nicht gerade glücklich.«
Ann Leslies Lippen wurden schmal. »Ich offen gestanden auch nicht. Dieser Cowan . . . ist ein Frauenheld. Er nützt andere nur aus. Als Alison noch nicht zu unserer Crew gehörte, hat er versucht, sich an mich ranzumachen. Aber bei mir war er an die Falsche geraten. Ich mißtraue dem Burschen. Kennen Sie Ben?«
»Ja, flüchtig. Er scheint Alison aufrichtig gern zu haben.«
»Alles Theater, glauben Sie mir.«
»Steht er offen zu seiner Affäre mit Alison?« fragte ich.
»Sie ist jedenfalls kein Geheimnis, wenn Sie das meinen.«
»Wissen Sie zufällig, weshalb er Alison gestern nach der Landung auf dem Kennedy Airport nicht nach Manhattan begleitet hat?«
»Ja, sicher. Er ist an der Zollkontrolle aufgehalten worden. Die Beamten haben ihn in eines der separaten Zimmer geholt. Ich bin zufällig dabei gewesen, wie er Alison gesagt hat, sie solle schon ohne ihn vorausfahren, er würde sich dann später mit ihr treffen.«
»Ist es üblich, daß einzelne Personen des Flugpersonals von der Zollkontrolle untersucht werden?«
»Nein, eigentlich nicht. Ich bin noch nie kontrolliert worden. Aber es kann nichts Schlimmes gewesen sein, denn Ben fliegt am Mittwoch wieder mit uns.«
Wir unterhielten uns noch eine Weile, dann bedankte ich mich und versprach, Alison auszurichten, daß Ann sie besuchen wolle, sobald die Ärzte es erlaubten. Nach meinem Besuch bei Ann Leslie fuhr ich mit dem Taxi zu Jaffees Wohnung. Der Hausverwalter erkannte mich sofort und ließ mich hinein.
Eine Weile betrachtete ich das Chaos. Nichts war unberührt

geblieben. Selbst die Polster der Möbel waren aufgeschlitzt und die Füllung im Zimmer verstreut worden. Der Einbrecher hatte sämtliche Schreibtischschubladen herausgezogen und einfach ausgekippt. Ich kniete nieder und sah die Papiere durch, ohne die Quittung von Sam Tarloff zu finden. Eine Stunde später entdeckte ich jedoch etwas anderes: nämlich einen Einzahlungsbeleg der Gothan Trust Bank mit dem Datum des vorausgegangenen Tages über 34 000 Dollar.

Ich stand auf, setzte mich damit auf einen Stuhl und fragte mich, wie der angeblich völlig abgebrannte Jaffee, dem niemand mehr Kredit gewähren wollte, zu einer Summe dieser Größenordnung gekommen sein könnte. Aus dem Bankbeleg ging hervor, daß es sich dabei um keine Bareinzahlung, sondern um einen Verrechnungsscheck gehandelt hatte.

Die Frage war nur, von wem dieser Scheck stammte. Und wofür? Während ich den Beleg betrachtete, überkam mich plötzlich ein Gefühl der Erregung, denn die Gothan Trust Bank war auch mein Bankinstitut, und ich besaß dort gewisse Beziehungen. Das Bankgeheimnis wird häufiger verletzt, als die meisten Leute glauben würden.

Zwanzig Minuten später betrat ich durch die Drehtür die Empfangshalle der Gothan Trust Bank und ging zum Schreibtisch von Mr. Henry Wharton, dem Assistenten des Vize-Präsidenten, für den ich erst eine Woche zuvor einen kniffligen Auftrag zur Zufriedenheit erledigt hatte. Er stand auf und schüttelte mir die Hand. Dann lehnte sich Mr. Wharton in seinem Schreibtischsessel zurück und hörte sich meine Bitte an. Schließlich betrachtete er den Einzahlungsbeleg Jaffees stirnrunzelnd, rieb sich die Stirn und sah mich mit gequältem Gesichtsausdruck an.

»Also, Mr. Jordan, das ist gegen die Vorschrift.«

»Ich weiß.«

»Normalerweise gehört es nicht zu den Gepflogenheiten die-

ses Bankinstituts, Auskünfte über unsere Kunden zu geben.«
»Ich weiß.«
»Sie machen es mir nicht gerade leicht.«
»Ich weiß.«
Mit einem Seufzer stand Mr. Wharton schließlich auf und verschwand in einem abgetrennten Raum der Schalterhalle. Ich wartete geduldig. Schweißperlen standen auf Mr. Whartons Stirn, als er zurückkam. Er räusperte sich. »Sie verstehen sicher, daß das streng vertraulich bleiben muß.«
»Selbstverständlich.«
»Also, unseren auf Mikrofilm gespeicherten Unterlagen zufolge stammte der Scheck für Dr. Allan Jaffee von der Firma Jacques Sutro. Ich nehme an, daß Ihnen der Name etwas sagt.«
»Natürlich. Ich bin Ihnen wirklich sehr dankbar für diese Information, Henry.«
»Wieso? Ich habe Ihnen doch überhaupt nichts gesagt.«
»Richtig. Aber wäre es möglich, mir eine Kopie dieses Mikrofilms zu beschaffen?« Henry Wharton wurde bleich und erschauderte sichtlich. »Schon gut, Henry«, beruhigte ich ihn hastig. »Vergessen Sie's. Ich gehe ja schon.«
Henry Wharton war ganz offensichtlich froh, mich los zu sein.
Mr. Jacques Sutro ist ein Juwelier- und Edelsteinhändler, dessen Geschäftsräume sich im zweiten Stock eines eleganten Hauses an der Fifth Avenue befinden. Sutro, ein stattlicher älterer Herr mit silbergrauem Haar und geschliffenen Umgangsformen, faltete seine sorgfältig manikürten Hände und hörte mir mit einem Lächeln zu, das zwei Reihen der teuersten falschen Zähne New Yorks entblößte.
»Als Dr. Jaffees Anwalt möchte ich Sie bitten, mir Einzelheiten über diese Transaktion mitzuteilen«, schloß ich.
»Weshalb fragen Sie nicht Ihren Klienten persönlich?« entgegnete Sutro.

»Das würde ich tun, wenn ich könnte, Mr. Sutro. Aber leider hatte Dr. Jaffee einen Unfall und liegt schwerverletzt im Manhattan General Hospital. Er bekommt starke Beruhigungsmittel. Es kann Tage dauern, bevor er wieder sprechen kann. Inzwischen regle ich alle rechtlichen Angelegenheiten. Deshalb muß ich unbedingt wissen, was gespielt wird.«
Sutro spitzte nachdenklich die Lippen. »Macht es Ihnen etwas aus, wenn ich erst einmal das Krankenhaus anrufe?«
»Ganz und gar nicht. Bitte vergewissern Sie sich, daß ich die Wahrheit sage.«
Er ließ sich die Nummer geben, unterhielt sich kurz mit einem der Ärzte, nickte und legte wieder auf. Dann spreizte er die Hände auf dem Schreibtisch. »Wissen Sie, ich habe den verstorbenen Vater des jungen Jaffee recht gut gekannt.«
»Ich ebenfalls, Mr. Sutro. Er hat mich nach Beendigung meines Studiums als Referendar in seine Kanzlei aufgenommen. Deshalb kümmere ich mich auch um seinen Sohn.«
»Ich verstehe. Mr. Jaffee senior ist ein geschätzter Kunde dieses Hauses gewesen, Mr. Jordan. Er hat einige kostbare Stücke für seine inzwischen ebenfalls verstorbene Frau gekauft und später ungefaßte Edelsteine als Geldanlage erworben. Allan hat diese nach dem Tod seines Vaters durch meine Firma verkaufen lassen. Gestern kam er nun erneut zu mir und bot mir weitere Steine aus dem Erbe an.«
»Waren es Stücke, die Sie gekannt haben?«
»Nein. Aber Dr. Jaffee hat mir versichert, daß sein Vater auch von anderen Händlern Edelsteine gekauft hatte. Ich habe die Stücke begutachtet und ihm einen fairen Preis geboten.«
»Wieviel ist das gewesen?«
»Vierzigtausend Dollar. Er hat mir gesagt, er brauche dringend Bargeld . . . sei in einer Notlage . . . und daß er nicht warten könne, bis mein Scheck auf seinem Konto gutgeschrieben werde. Er hat mir deshalb angeboten, einen Preisab-

schlag von zweitausend Dollar in Kauf zu nehmen, wenn ich ihm viertausend in bar auszahle. Das habe ich getan. Über den Rest, vierunddreißigtausend Dollar, habe ich ihm einen Scheck ausgestellt.« Sutro sah mich besorgt an. »Die Sache ist doch in Ordnung, oder?«

Ich zuckte nur die Achseln. Insgeheim hatte ich bereits den Verdacht, daß Mr. Sutro bald eine unangenehme Überraschung erleben würde. Ihm das zu eröffnen wollte ich allerdings anderen überlassen.

Jetzt brauchte ich zuerst einmal die Mithilfe von Alison Korth. Ich fuhr ins Krankenhaus, fand jedoch weder sie noch ihre Schwester Vicky im Zimmer 625. Es schien frisch geputzt, und das Bett war neu bezogen. Böses ahnend lief ich zum Zimmer der Stationsschwester.

Meine Fragen schienen die beiden diensthabenden Schwestern in Verlegenheit und Erregung zu versetzen. Ich erfuhr, daß Alison Korth plötzlich Atembeschwerden bekommen hatte und trotz aller Bemühungen der Ärzte gestorben war.

Ich hatte natürlich keine Ahnung, ob Vicky mein Besuch willkommen war, aber ich wußte aus Erfahrung, daß die meisten Trauernden für Trost durch Außenstehende durchaus empfänglich sind. Ich sah ihre Adresse im Telefonbuch nach und fuhr in das angegebene Wohnviertel.

Vicky war zu Hause. Offenbar war ihr noch gar nicht so recht bewußt geworden, was geschehen war. Sie wirkte abwesend, wie betäubt, und brauchte einen mitfühlenden Gesprächspartner.

»Oh, Scott«, sagte sie mit zitternder Stimme. »Es hätte nicht passieren müssen. Sie haben einfach nicht aufgepaßt . . .«

»Wer ist ›sie‹?«

»Die Krankenschwestern, die Ärzte . . . irgend jemand.«

Wir setzten uns. Ich nahm ihre Hand. »Erzählen Sie mir alles der Reihe nach.«

»Sie hatte plötzlich Probleme mit dem Atmen. Deshalb hat man sie an ein Sauerstoffgerät angeschlossen. Es ist meine Schuld. Ich habe sie allein gelassen, um mir ein Sandwich zu holen. Als ich zurückgekommen bin, habe ich sofort gemerkt, daß etwas nicht stimmte. Ihr Gesicht war blau angelaufen, und der Schlauch zum Sauerstoffgerät hatte sich gelöst. Alison war . . . war . . .« Tränen traten in ihre Augen. Sie verbarg ihr Gesicht an meiner Schulter.
»Das konnten Sie überhaupt nicht vorhersehen, Vicky«, begann ich. »Sie dürfen sich keine Vorwürfe machen.«
Nach einer Weile lehnte sie sich zurück. Sie begann, von der Kindheit mit Alison zu sprechen. Der bittersüße Ausflug in die Vergangenheit war die beste Therapie. Sie brachte ein- oder zweimal sogar ein Lächeln zustande.
Als sie schließlich erschöpft aufhörte, ergriff ich das Wort. Ich erzählte ihr alles . . . von meinen Gesprächen mit Wharton und Sutro, von den Schlüssen, die ich daraus gezogen hatte. Ich erzählte ihr, daß Alison vermutlich auf üble Weise ausgenutzt worden war und daß ich ihre Hilfe brauchte.
Vicky dachte eine Weile nach. Dann stand sie auf, ging zum Telefon, wählte eine Nummer und sagte mit teilnahmsloser Stimme: »Hier spricht Vicky. Ich möchte Ihnen mitteilen, daß Alison heute nachmittag gestorben ist. Ich rufe Sie an, weil sie es so gewollt hätte. Die Beerdigung findet am Donnerstag statt. Die Totenmesse wird in der Kapelle des Lamperts Leichenschauhauses abgehalten . . . Ich verstehe. Wenn Sie möchten, können Sie sie heute abend dort sehen. Ich habe das alles geregelt, als ich im Krankenhaus das Paket mit Alisons Habseligkeiten abgeholt habe. Ich bin selbst um sechs Uhr dort. Bitte sagen Sie auch Alisons Freunden Bescheid.«

Es war kurz vor sieben. Ich saß allein in Vickys Wohnung und wartete. Meine Augen hatten sich allmählich an die Dunkel-

heit gewöhnt. Auf dem Couchtisch lag ein großes, in braunes Packpapier gewickeltes Paket. Die Schranktür hinter mir hatte ich bereits vorsorglich geöffnet. Die Verkehrsgeräusche drangen gedämpft zu mir herauf, und ich horchte angestrengt auf jedes Geräusch im Korridor.
Ich war mir noch nicht ganz klar darüber, wie ich mich verhalten sollte, wenn er kam . . . falls er überhaupt kam. Plötzlich läutete es an der Tür. Da ich zuvor nichts gehört hatte, kam mir der Ton ungewöhnlich laut vor. Ich blieb bewegungslos sitzen. Nach einer Weile klingelte es erneut. Es war die übliche Methode, um herauszufinden, ob jemand zu Hause war. Ich hielt den Atem an. Dann hörte ich erwartungsgemäß, wie sich jemand am Türschloß zu schaffen machte. Ich versteckte mich schnell im Schrank und ließ die Tür einen Spalt breit offen.
Türangeln quietschten, und ein schmaler Lichtstrahl fiel ins Zimmer. »Vicky, sind Sie da?« rief eine Stimme leise. Als alles ruhig blieb, flammte das Licht auf. Er kam herein, und ich sah, wie seine Blicke flüchtig durch den Raum schweiften. Ich hörte Papier rascheln. Er mußte das Paket sofort entdeckt haben. Als ich aus meinem Versteck trat, starrte er auf Alisons Kleidungsstücke, die im Paket gelegen hatten.
»Es ist zwecklos, Cowan«, begann ich. »Da finden Sie sie nicht.«
Sein Kopf fuhr herum. Bleich und wie gelähmt starrte er mich an.
»Sie miese, kleine Ratte«, fuhr ich fort. »Sie haben die naive, gutgläubige Alison Ihre schmutzige Arbeit machen lassen.«
»Wovon, zum Teufel, reden Sie überhaupt?«
»Lassen Sie das Theater, Cowan. Damit kommen Sie bei mir sowieso nicht weiter. Sie wissen genau, wovon ich rede. Von Diamanten aus Amsterdam und Ihrem hübschen Nebenverdienst als Copilot der Global Airlines. Da Sie bereits befürchtet haben, daß man Sie beobachtet, haben Sie Alison dazu

gebracht, die Steine aus dem Flugzeug zu schmuggeln. Sie hatte sie irgendwo am Körper versteckt. Deshalb haben die Zollbeamten gestern am Flughafen trotz gründlicher Suche nichts bei Ihnen gefunden.«

Cowans Mundwinkel zuckten. »Sie leiden ja unter Wahnvorstellungen, mein Lieber.«

»Sparen Sie sich das Geschwätz, Cowan. Ihr schöner Plan ist geplatzt, als Alison den Unfall hatte und ins Krankenhaus gebracht wurde. Sie dachten, man hätte die Steine entdeckt, als man sie ausgezogen hat, und haben deshalb Blut und Wasser geschwitzt. Aber als nichts passierte, kam Ihnen der Verdacht, daß der Notarzt bei seiner ersten Untersuchung das Päckchen mit den Steinen gefunden haben mußte, das Alison mit einem Klebestreifen befestigt am Körper getragen hatte. Sie haben sich sofort Namen und Adresse des Betreffenden besorgt, und deshalb wußten Sie auch seinen Namen, als ich Ihnen gesagt habe, daß der Assistenzarzt, der Alison als erster untersucht hatte, mein Klient sei.

Sie hatten nämlich inzwischen bei ihm eingebrochen und hatten ihn krankenhausreif geschlagen, nachdem er Sie dabei überraschte.«

Cowan starrte mich nur unbeweglich an.

»Aber aus Jaffee haben Sie nichts herausbekommen«, fuhr ich fort. »Und in seiner Wohnung haben Sie nichts gefunden. Vermutlich begannen Sie, an Ihrer Theorie mit Jaffee zu zweifeln. Sie kamen auf die Idee, Alison könnte die Steine in ihren Kleidern versteckt haben, so daß sie noch niemand gefunden hatte. Deshalb sind Sie heute abend hier. Vicky hat Ihnen am Telefon gesagt, daß sie Alisons Habseligkeiten aus dem Krankenhaus abgeholt habe. Deshalb mußten Sie sich endlich Gewißheit verschaffen. Sie wußten ja, daß Vicky im Leichenschauhaus sein würde.«

Er machte einen Schritt auf mich zu.

»Vorsicht, Cowan«, warnte ich. »Sie glauben doch wohl nicht, daß ich einen Mörder allein stelle?«
»Mörder?«
»Ja, Cowan. Da gehe ich jede Wette ein. Sie sind ein verdammt gerissener Bursche. Sie wollten kein Risiko eingehen. Angenommen, die Diamanten waren im Krankenhaus gefunden und die Polizei benachrichtigt worden. In diesem Fall mußten Sie damit rechnen, daß man nur darauf wartete, Alison zu vernehmen. Das Mädchen hätte den Fragen der Polizei nicht lange standgehalten. Damit war Alison zu einem Sicherheitsrisiko für Sie geworden. Deshalb mußte sie sterben. Sie haben gewartet, bis Vicky das Zimmer verlassen hatte, dann einfach den Schlauch aus dem Sauerstoffgerät gezogen und zugesehen, wie sie erstickt ist. Die Polizei weiß jetzt, wonach sie suchen muß. Das Sauerstoffgerät wird auf Ihre Fingerabdrücke überprüft.«
Das gab ihm den Rest. Er wirbelte herum und rannte durch die Tür auf den Korridor hinaus. Er hatte wohl gedacht, er könne sein Heil in der Flucht suchen, aber ich hatte nicht geblufft. Im Gang wartete die Polizei.

Eine solche Geschichte endet selten für alle Beteiligten glücklich. Vicky hatte ihre Schwester verloren, aber einen Verehrer . . . nämlich mich . . . gewonnen. Die amerikanischen Zollbehörden beschlagnahmten die geschmuggelten Steine bei Jacques Sutro. Sutros Anwälte ließen Jaffees Bankkonto sperren und erwirkten eine Rückzahlung der 34 000 Dollar. Da Mr. Sutro auch seine viertausend Dollar Bargeld zurück haben wollte, verwies ich ihn an Big Sam Tarloff. Seine Chancen waren kaum als rosig einzuschätzen.
Allan Jaffees Blessuren heilten gut. Möglicherweise hat ihn dieser Unfall sogar von seiner Spielleidenschaft geheilt. In der Diamanten-Sache bekannte er sich vor Gericht schuldig und

trat gegen Ben Cowan als Zeuge auf. Cowan konnte damit rechnen, die besten Jahre seines Lebens im Gefängnis zu verbringen. Was mich betrifft, so war die Verteidigung Jaffees ein Akt der Nächstenliebe. Mein Honorar habe ich nie bekommen.

Nur Nick Papadopolous überstand die ganze Angelegenheit unbeschadet. Das Gericht hob die Einzugsverfügung der Kaution auf, und Papa bekam sein Geld zurück. Er war außer sich vor Freude und lud Vicky und mich zu einem opulenten Abendessen ein. Das war vor zwei Wochen, aber wir haben das Zeug noch immer nicht verdaut.

Susie ohne Furcht und Tadel

Wenzell Brown

Zweimal pro Sommer war Miss Susie Sloane mit beschwingtem, zielbewußtem Schritt aus den Bergen ins Tal heruntergekommen und hatte mit jedem laut und unbeschwert geredet, dem sie auf ihrem Weg begegnet war. Meistens ging sie die fünfzehn Kilometer vom Mount Solomon nach Cripple's Bend zu Fuß, denn selbst wenn ihr jemand anbot, sie im Wagen ein Stück mitzunehmen, weigerte sie sich eisern, sich in ein so ›neumodisches Gefährt‹ wie ein Automobil zu setzen.

Miss Susie trug stets einen Sonnenhut und einen weiten, buntgemusterten Rock. Beides war schon seit über dreißig Jahren aus der Mode. Ihre langen blonden Locken mußten falsch sein, da sich ihre Farbe in all den Jahren kein bißchen verändert hatte.

Susies Stimme konnte Tote aufwecken, und ihr Lachen war mindestens bis zum Sebago-See zu hören. Und wie sie mit ihren kleinen Füßen durch die Straßen tänzelte, hierhin und dorthin hüpfte und sich alles und jeden eingehend betrachtete, erwärmte mir das Herz. Trotzdem gab es einige Bewohner von Cripple's Bend, die auf Susie ziemlich schlecht zu sprechen waren, und, wie ich gern zugebe, nicht ohne Grund.

Ich schätze, Susie war die neugierigste Frau im gesamten Pisquaticook-Distrikt. Aber das kam vermutlich daher, daß sie so selten die Stadt besuchte und deshalb einfach wissen wollte, was in der Welt so passierte, und in Cripple's Bend war das weiß Gott nicht viel. Seit dem Tod ihres Vaters lebte sie

immerhin allein auf der Farm am Mount Solomon, und daher stand es ihr wohl manchmal zu, über die Stränge zu schlagen und so viele Eindrücke wie nur möglich in ihre Einsamkeit mitzunehmen.
Die meisten hier beschwerten sich allerdings vor allem darüber, daß Miss Susie bezüglich ihrer Ansichten vielleicht rückständig, aber keinesfalls zurückhaltend war. Und das ist nun wirklich die blanke Wahrheit. Susie konnte zum Beispiel geradewegs in die Küche von Gimpy's Restaurant marschieren, Mrs. Gimpy eine Weile beim Pfannkuchenbacken zuschauen, dann nach einem Kochlöffel greifen, den Teig umrühren und ungeniert verkünden, da müsse noch eine Prise Backpulver hinein, wenn das Zeug nicht zäh wie Leder werden solle.
Die meisten Bewohner unseres Städtchens nahmen Miss Susies Eskapaden nicht allzu tragisch. Hier wissen nämlich alle, wie einsam die Winter in Maine sein können und was es bedeutet, monatelang eingeschneit zu sein. Die Großstädter dagegen, die im Sommer zu uns kommen, haben sich gelegentlich ziemlich über sie aufgeregt. Da war zum Beispiel dieser Bingham, der angeblich ein bekannter Künstler sein soll. Als er eines Tages dabei war, den Leuchtturm im Cushman's Cove zu malen, tauchte plötzlich Miss Susie hinter ihm auf. Sie hat sich die ganze Sache eine Weile mit leicht zur Seite geneigtem Kopf und in die Hüften gestemmten Armen angesehen und dann kategorisch erklärt: »Das ist falsch.«
Bevor Bingham überhaupt wußte, wie ihm geschah, hatte sie Palette und Pinsel an sich gerissen und dem Bild eine ganz persönliche Note hinzugefügt.
Bingham wäre vor Wut beinahe geplatzt. Er verlangte von mir, ich solle Susie verhaften und ins Kittchen sperren. Als ich ihm sagen mußte, daß wir hier gar kein Gefängnis haben und Susie es außerdem nicht böse gemeint haben könne, stampfte er wutschnaubend davon. Zuvor schimpfte er mich allerdings

noch einen »Provinz-Sheriff«, was ich ganz objektiv gesehen ja auch bin.
Trotzdem habe ich mir Susie vorgenommen. Vor allem auch wegen der Szene mit Mrs. Godwin, die zufällig so ziemlich die reichste Frau in unserem Städtchen ist. Susie hatte ihr mitten auf der Hauptstraße den Weg versperrt und lautstark von ihr wissen wollen, ob ihre rosaroten Bäckchen auch echt seien. Danach war Susie, ohne Mrs. Godwins Antwort abzuwarten, einfach mit dem Finger über ihr Gesicht gefahren. Ich schätze, Mrs. Godwin wäre wohl kaum so aufgebracht gewesen, wäre ihr Rouge nicht verschmiert gewesen und hätte nicht zu allem Übel auch noch an Susies Finger geklebt.
Wenn man Susie allerdings ins Gewissen reden will, kann man ebensogut versuchen, einem Stockfisch das Sprechen beizubringen.
»Du meine Güte!« polterte sie gleich los. »Die Leute hier werden ja immer empfindlicher. Eine Dame kann hier nicht mal mehr harmlose Fragen stellen, ohne daß sich gleich alle auf die Hinterbeine stellen und zu wiehern anfangen!«
Ich gebe zu, ich mußte unwillkürlich lachen. Und ehe ich mich versah, war Susie über die Straße gestürmt, um nachzusehen, ob Emmie Cooldidges Jüngstes ein Junge oder ein Mädchen ist.
Schätze, es ist klar wie Kloßbrühe, daß ich schon immer eine Schwäche für Miss Susie Sloane hatte . . . sogar längst vor jenem Sommer, in dem die Geschichte mit den Bankräubern passierte.
Sie waren zu dritt. Ein Gangstertrio, das aus einem Gefängnis jenseits unserer Staatsgrenze in Massachusetts ausgebrochen war. Ich hatte die Aufforderung bekommen, die Augen offen zu halten, da man annehmen mußte, daß die Burschen nach Kanada wollten. Allerdings sah ich keinen Grund, weshalb die Brüder ausgerechnet nach Cripple's Bend kommen soll-

ten. Schließlich liegen wir ja bekanntermaßen ziemlich weit ab vom Schuß.
Nur um auf Nummer sicher zu gehen, hatte ich mir die Steckbriefe angesehen und die Beschreibung gründlich gelesen. Der Anführer sollte demnach ein großer, häßlicher Bursche namens Harry Jenks sein, der wegen Raub und schwerer Körperverletzung gesessen hatte. Sein Kumpan war ein Rauschgiftschieber, ein kleiner Gauner, bekannt als Hoppy Jackson. Der dritte im Bunde war Lew Abbott. Abbott war praktisch noch ein grüner Bengel, und ein hübscher dazu. Allerdings hatte er bereits zwei Morde auf dem Gewissen. Er sollte in die Todeszelle verlegt werden, als der Ausbruch gelang.

Und fünf Minuten vor Schalterschluß startet dann das Trio den Überfall auf die Sparkasse von Cripple's Bend. Jenks und Hoppy marschieren in die Schalterhalle, während Abbott in einigen Metern Entfernung im Fluchtwagen zurückbleibt, der mit laufendem Motor am Straßenrand parkt.
In der Sparkasse ist nicht viel los. Außer dem jungen Kassierer Tom Nash und Lucy Dohm, der Sekretärin des Sparkassenchefs Mert Simon, treffen die Gangster niemanden an. Mert selbst sitzt in seinem Büro hinter dem Schalterraum.
Die beiden Gangster fackeln nicht lange. Sie sind auf Beute aus. Hoppy hält Tom Nash den Revolver unter die Nase und fordert ihn auf, aus seinem Kassenraum zu kommen. Kaum hat Nash gehorcht, schlägt Jenks den Kassierer mit dem Knauf seiner Pistole nieder. Tom geht k.o. zu Boden.
Lucy, die das alles sieht, ist vor Angst und Entsetzen wie gelähmt. Sie will schreien, aber bevor sie noch einen Ton herausbringt, hält Jenks ihr die Hand über den Mund, schiebt sie energisch in einen Schrank und droht, durch die Tür zu schießen, falls sie auch nur einen Mucks macht.
Dann schleppen die beiden Tom beiseite und lassen die Seiten-

tür offen. Entweder wollen sie sich den Fluchtweg offenhalten, oder sie haben glatt vergessen, sie zuzumachen. Alles läuft wie am Schnürchen. Keiner der wenigen Passanten auf der Hauptstraße merkt, daß in der Sparkasse was nicht stimmt.

Mert Simon sitzt hinter seinem Schreibtisch, als die beiden Burschen in sein Büro stürmen und mit ihren Knarren herumfuchteln. Hoppy hält Mert den Revolver unter die Nase. Jenks übernimmt das Reden.

»Machen Sie die Stahlkammer auf. Und zwar ein bißchen plötzlich. Keine billigen Tricks, wenn ich bitten darf. Sonst blasen wir Sie um, Opa.«

Mert bleibt kalt wie ein Fisch. Er entgegnet, daß es keine Stahlkammer, sondern nur den Tresor gibt, der hinter ihm steht.

»Quatschen Sie keine Opern!« fährt Jenks ihn daraufhin an. »Los, an die Arbeit.«

Mert läßt sich nicht aus der Ruhe bringen. Er gehorcht zwar, bewegt sich jedoch nur langsam und bedächtig. Ihm ist klar, daß es den Burschen bitter ernst ist, aber er weiß auch, daß ihm so lange nichts passieren kann, wie die beiden das Geld noch nicht haben. Mert hat den Verdacht, daß seine Chancen längst nicht mehr so gut stehen, wenn der Tresor erst offen ist. Deshalb versucht er, diesen Augenblick solange wie möglich hinauszuzögern, und hofft auf die göttliche Vorsehung oder einfach auf Glück.

Und tatsächlich fällt jemandem die offene Seitentür auf. Da dieser Jemand Miss Susie Sloane ist, geht sie auch gleich hinein, um ihre Neugier zu befriedigen. Zuerst glaubt sie, die Schalterhalle sei leer, und sie fängt an, sich gründlich umzusehen. Es dauert nicht lange, bis sie Tom Nash bewußtlos hinter der Schaltertheke entdeckt. Gleichzeitig findet Lucy Dohm im Schrank endlich den Mut, leise gegen die Tür zu hämmern.

Miss Susie horcht angestrengt, den Kopf leicht zur Seite geneigt. Plötzlich hört sie Stimmen in Mert Simons Büro. Auf Zehenspitzen schleicht sie den Korridor entlang zur Tür, um zu lauschen. Mert hat dort inzwischen den Tresor geöffnet, und Hoppy ist dabei, alles Geld, das er kriegen kann, in eine Stofftasche zu stopfen. Jenks hält unterdessen Mert mit der Waffe in Schach und streitet mit Hoppy darüber, was sie mit Mert tun sollen.

»Wenn wir ihm eine Kugel in den Kopf jagen, sind wir alle Sorgen los«, argumentiert Hoppy. »Der kann uns dann nicht mehr verpfeifen.«

»Du wirst nie erwachsen, Mann«, entgegnet Jenks. »Es wird nur geschossen, wenn es unbedingt notwendig ist, hast du verstanden? Feßle ihn, Hoppy. Und dann machen wir, daß wir hier wegkommen.«

Mert überlegt inzwischen, ob er es wagen soll, den Alarmknopf neben seinem Schreibtisch zu drücken. Dadurch würde eine Sirene auf dem Dach der Sparkasse ausgelöst, bei deren Ton die ganze Stadt und vor allem ich weiß, was die Uhr geschlagen hat. Aber als er hört, daß er gefesselt werden soll, kommt er zu dem Schluß, daß es das Risiko nicht wert ist. Schließlich hätten die Gangster genügend Zeit, ihn zu erschießen, bevor Hilfe kommt.

Deshalb legt er sich, wie man ihm befiehlt, auf den Fußboden. Hoppy wickelt eine dicke Schnur mehrmals um Merts Taille und ist gerade dabei, ihm die Hände auf den Rücken zu binden, als Miss Susie ins Zimmer marschiert.

Hätte sie zu fliehen oder zu schreien versucht, die beiden hätten sie vermutlich auf der Stelle erschossen. Aber Miss Susie hat kein bißchen Angst. Das neugierige alte Mädchen will einfach nur wissen, was dort eigentlich vor sich geht. In der Mitte des Raumes bleibt sie stehen, dreht ihren Schirm in der Hand, ohne den sie nie ausgeht, und beobachtet Hoppy, der hinter

Mert auf dem Boden kniet und Knoten in die Schnur fabriziert.
Susie geht prompt neben ihm in die Hocke und spitzt mißbilligend die Lippen. »So macht man doch keinen anständigen Knoten, junger Mann«, erklärt sie vorwurfsvoll. »Diesen jämmerlichen Wirrwarr kriegt doch der Dümmste im Handumdrehen wieder auf. Kommen Sie, ich zeig' Ihnen, wie so was geht.«
Hoppy ist so entgeistert, daß er vor Schreck die Schnur fallen läßt.
Susie greift seelenruhig danach. »Schauen Sie. Man macht hier eine Schlaufe und steckt das Ende der Schnur da durch. Jetzt sitzt der Knoten bombenfest. Versuchen Sie's mal nach dieser Methode, Mister. Ich sag' Ihnen dann schon, wenn Sie was falsch machen.«
»Finger weg!« krächzt Jenks in diesem Augenblick heiser. »Sonst bekommt es Ihnen schlecht, Schwester.«
Susie greift nach ihrem Schirm und steht auf. Bis zu diesem Zeitpunkt war ihr gar nicht aufgefallen, daß in Mert Simons Büro etwas nicht stimmt. Sie ist zwar nicht dumm, hat aber irgendwie in ihrer Einsamkeit am Mount Solomon das Verständnis für unsere heutige Welt verloren. Über so etwas wie einen Banküberfall hat sie noch nie nachgedacht. Selbst jetzt wird ihr noch nicht klar, daß die beiden Männer tatsächlich gefährlich sind.
»Werden Sie bloß nicht frech, junger Mann!« kontert sie energisch. »Ich bin nicht Ihre Schwester und will es auch nicht werden.«
»Halten Sie die Klappe!« zischt Jenks und hält ihr den Revolver unter die Nase.
»In welchem Ton reden Sie eigentlich mit mir?« fährt Susie ihn böse an. »Und nehmen Sie gefälligst das Ding da weg!«
Jenks starrt sie einen Augenblick fassungslos an. »Lady, wis-

sen Sie eigentlich, was das ist? Mit dieser hübschen kleinen Pistole kann ich ein Loch, so groß wie eine Grapefruit, durch Sie schießen.«
Susie hört ihm gar nicht zu. Die Stofftasche hat plötzlich ihre Aufmerksamkeit erregt. »Was haben Sie da drin?« fragt sie schrill. »Sie wollen Mr. Simon doch nicht bestehlen, oder?« Damit macht sie einen Schritt in Richtung Stofftasche. »Pack sie!« schreit Jenks aufgeregt. »Stopf ihr endlich das Maul.«
Hoppy erwischt Susie am Arm und will sie zu sich herumdrehen, aber er kennt Susie schlecht. Sie mag zwar wie eine ulkige Meißener Porzellanpuppe aussehen, aber sie ist trotz ihres Alters keineswegs gebrechlich. Sie hat zeit ihres Lebens hart auf der Farm gearbeitet, Holz gesägt, Wassereimer geschleppt und das Vieh versorgt.
Susie reißt sich los und hebt den Schirm. Im nächsten Augenblick saust das gute Stück auf Hoppys Kopf nieder.
Hoppy stößt einen Schrei aus, der umgehend von einem anderen Geräusch übertönt wird. Mert Simon war inzwischen bis zu seinem Schreibtisch gerobbt, bis er sich vorlehnen und mit seiner Stirn auf den Alarmknopf drücken konnte. Und unsere Sirene macht einen Höllenlärm.
Ich sitze gerade in Gimpy's Café vor einem Teller gebratener Muscheln, als der Krach losgeht. Ich springe auf und renne mit gezogenem Revolver zur Sparkasse.
Als ich um die Ecke komme, stürmen Jenks und Hoppy gerade aus der Gasse neben der Sparkasse auf die Hauptstraße. Susie ist ihnen dicht auf den Fersen und schlägt abwechselnd auf den cinen und den anderen mit dem Schirm ein.
Ich bremse sofort ab, hebe die Waffe, aber aus Angst, Miss Susie zu treffen, wage ich nicht zu schießen. Während ich wie angewurzelt mit offenem Mund stehenbleibe, saust eine Kugel dicht an mir vorbei. Lew Abbott hat aus dem Fluchtwagen auf mich geschossen.

Jenks läßt die Stofftasche fallen. Geldscheine fallen heraus und wirbeln in der leichten Abendbrise über die Straße.
Hoppy fällt auf die Knie und versucht, die Scheine einzufangen, aber Jenks rennt weiter. Dann sehe ich, wie sich erneut der Lauf eines Revolvers durch die Fensterscheibe des Fluchtautos schiebt, und drücke ab. Beinahe gleichzeitig löst sich auch ein Schuß aus Abbotts Waffe. Jenks wird aus dem Lauf zu Boden geworfen und bleibt auf dem Pflaster liegen. Abbott wirft seinen Revolver weg und tritt aufs Gaspedal. Der Wagen schießt die Hauptstraße hinunter, als sei der Teufel hinter ihm her. Dann schleudert er mit quietschenden Reifen um die Kurve. Es riecht nach verbranntem Gummi.
Ich drücke noch einmal ab. Die Kugel prallt von einem hinteren Kotflügel ab. Dann ist das Auto verschwunden.
Ich sehe mich um. Es bedarf keiner großen medizinischen Kenntnisse, um festzustellen, daß Jenks so tot ist wie ein Fisch ohne Wasser. Dann höre ich hinter mir ein Stöhnen. Ich wirble herum. Es ist Hoppy. Er liegt ebenfalls auf dem Pflaster und hält sich den Kopf mit beiden Händen. Zuerst glaube ich, er habe auch eine Schußwunde, aber dann geht mir ein Licht auf. Susies wuchtige Hiebe mit dem Schirm haben ihre Wirkung nicht verfehlt. Hoppy lebt zwar, aber Susie hat alle Widerstandskraft aus ihm herausgeprügelt. Sie steht mit erhobenem Schirm neben ihm, um bei der geringsten Bewegung erneut zuzuschlagen.
Als Hoppy mich schließlich sieht, fängt er an zu schreien: »Schaffen Sie sie mir vom Hals. Sie soll mich in Ruhe lassen.«
Ich gehe zu Susie. Sie ist ziemlich blaß, und ihre Augen glänzen fiebrig. Zuerst denke ich, daß das die Aufregung ist, aber dann sehe ich den roten Blutfleck an ihrem Ärmel.
Sie ist zwar nicht schwer verletzt, es ist nur eine Fleischwunde, denn sie hat lediglich einen Streifschuß abbekommen, aber jetzt, da alles vorbei ist, fällt sie glatt in Ohnmacht.

Ich schäme mich nicht zu erzählen, daß die darauffolgende Stunde reichlich hektisch verlief. Wir mußten zuerst einen Krankenwagen rufen, um Susie und Tom Nash ins Krankenhaus bringen zu lassen. Hoppy gab ich in die Obhut der Ärzte in der Polizeikaserne von Barrow.
Mert Simon lag die ganze Zeit über gefesselt in seinem Büro. Ich habe ihn schließlich befreit. Er war ebenso unverletzt wie Lucy Dohm, obwohl letztere den tollsten hysterischen Anfall bekam, den ich je erlebt habe.
Ungefähr zehn Kilometer von Cripple's Bend entfernt verlor dann Abbott die Herrschaft über den Wagen und raste frontal gegen einen Baum. Die Staatspolizei hat ihn aufgegriffen, als er mit einer Gehirnerschütterung die Straße entlangwanderte. Er leistete bei seiner Verhaftung keinen Widerstand.
Damit war die Geschichte zu Ende. Natürlich hätten wir Abbott und Hoppy wegen Bankraub vor Gericht stellen können, aber da der Staat Massachusetts ganz wild darauf war, die beiden wiederzubekommen, schien das sinn- und zwecklos.
Susie Sloane ist seitdem die Heldin von Cripple's Bend. Sobald die Leute erfuhren, was sie getan hatte, strömten sie mit Obst und Blumen zu ihr ins Krankenhaus. Eigentlich hätte man annehmen müssen, daß Susie diese Aufmerksamkeiten weidlich genießen würde, doch das war ein Irrtum.
Sobald Susies Arm verbunden worden war, konnte sie keine Macht der Welt mehr in Cripple's Bend halten. Sie behauptete steif und fest, genug von der bösen Stadt zu haben und noch am selben Abend zum Mount Solomon zurückkehren zu wollen, wo sie ihre Ruhe habe und wo sich außerdem die Kuh die Seele aus dem Leib brüllen würde, wenn sie nicht gemolken würde.
Seitdem sind sechs Jahre vergangen. Das Merkwürdige ist, daß Susie Sloane in all der Zeit kein einziges Mal mehr mit beschwingtem Schritt ins Tal und in unser Städtchen spaziert

ist. Ich habe das Gefühl, in Miss Susies Schuld zu stehen. Wenn sie nämlich nicht gewesen wäre, dann wäre ich ahnungslos in den Kugelhagel der Gangster gelaufen, oder Mert Simon wäre erschossen worden. Deshalb mache ich jeden Sommer einen Ausflug zum Mount Solomon, um sie zu besuchen.

Miss Susie tut zwar stets so, als freue sie sich über meinen Besuch, aber es gelingt mir trotzdem nicht, ihre Meinung über Cripple's Bend zu ändern.

Der dickköpfige Polizist

D.S. Halacy, jr.

Sergeant Dave Hackett stieg aus der alten Limousine und ging langsam auf die Küchentür zu. Um halb sechs Uhr war es noch immer sehr heiß, und der Rücken seines Blousons war durchgeschwitzt. Noch bevor er die Tür geöffnet hatte, stieg der Duft von gebratenem Steak in seine Nase, löste jedoch kein Lächeln bei ihm aus.
Margie stand am Herd. Sie trug eine verwaschene Schürze über ihrem Umstandskleid. Fett spritzte, als sie die runden Fleischstücke in der Pfanne wendete. Lächelnd wandte sie ihm zum Kuß das Gesicht zu.
Er wußte, daß sie enttäuscht die Stirn runzelte, als er sich ihr zu schnell entzog, ging jedoch trotzdem weiter in den Flur, nahm das Halfter ab und hängte es zusammen mit dem Blouson in den Schrank. Die Tür ließ er offen, damit beides schneller trocknen konnte. Die Waffe legte er ins oberste Fach, wo Tina, ihre dreijährige Tochter, sie nicht erreichen konnte. Dann lockerte er seine Krawatte und kehrte in die Küche zurück.
»Dein Bier, mein Herr und Meister«, sagte Margie und reichte ihm mit übertriebener Geste die geöffnete Bierbüchse. »Setz dich, ruh dich aus und erzähl mir alles. Über die Beförderung meine ich natürlich.«
Ihr Haar war schwarz und fein, während Dave rotes, borstiges Haar hatte. Feuchte Strähnen klebten auf ihrer Backe. Sie sah noch ebenso jung und hübsch aus wie an ihrem Hochzeitstag. Natürlich war sie etwas molliger geworden, aber ihre Haut

war schön geblieben, und ihre Augen glänzten. Margie schien sich in der Schwangerschaft immer besonders wohl zu fühlen. Die vom Kondenswasser feuchte Bierbüchse in seiner Hand versprach eine Erfrischung, doch Dave betrachtete sie ohne Begeisterung und vermied es, seine Frau anzusehen, als er sich mit seinen ein Meter achtzig auf dem Stuhl niederließ. Konnte sie es denn nicht von seinem Gesicht ablesen, wie es ausgegangen war?

»Sie sind noch immer mit einem Streifenpolizisten verheiratet, Mrs. Hackett. Jerry Nelson ist der neue Lieutenant.« Er leerte die Büchse Bier mit einem Schluck zur Hälfte.

»Dave!« Margie starrte ihn fassungslos an und wischte sich geistesabwesend eine Haarsträhne aus dem Gesicht. »Du bist zwei Jahre länger im Dienst als Nelson. Oh, du willst mich nur ärgern.« Sie stellte die Platte mit den Steaks auf den Tisch und schlang die Arme um ihn.

»Weshalb sollte ich dich ärgern?« entgegnete er. Die Bierbüchse in der Hand, blieb er steif sitzen. »Nelson hat den Job gekriegt. Das ist alles. Frye hat es leid getan, aber ich bin in dieser Stadt nun mal nicht besonders beliebt . . . schon gar nicht, seit ich vorigen Monat den Sohn von Stadtrat Henderson festgenommen habe.«

Einen Augenblick dachte er, sie würde weinen, doch nichts dergleichen geschah. Statt dessen trug sie die Bratenplatte in das kleine Eßzimmer. Dort war der Tisch bereits festlich gedeckt. In der Mitte stand ein Strauß Nelken aus dem Garten, und Margie hatte die Leinenservietten aufgelegt, die ihnen ihre Großmutter aus Irland geschickt hatte. Alles war von ihr zu einer Feier vorbereitet worden.

»Dave, es tut mir schrecklich leid«, sagte sie, als sie zurückkam.

»Glaubst du, ich freue mich?« Er stand auf, warf die Bierbüchse in den Abfalleimer unter der Spüle und knallte heftig

die Schranktür zu. »Ich kann ja Frye anrufen und das Kartenspiel heute abend absagen.«
»Nein, das dürfen wir nicht tun, Dave«, widersprach Margie sanft. »Ich bin sicher, er kann nichts dafür.«
»Oh, doch.«
»Papi!« rief eine hohe Kinderstimme. »Spiel mit mir Flieger!« Tina stand auf der Schwelle und hielt die Tür zum Garten einladend offen. Ihre Jeans waren schmutzig, und das T-Shirt hatte unter beiden Armen Löcher. Sie war eine kleinere Ausgabe von Margie, nur ihr Name kam aus Daves Familie.
»Papi ist viel zu müde, um mit einem großen Mädchen wie dir Flieger zu spielen«, erklärte Margie energisch. »Außerdem ist es Zeit zum Essen. Du mußt dich waschen.« Tränen glänzten in Tinas Augen, doch sie folgte gehorsam.
Das Abendessen war eine traurige Angelegenheit. Tina schüttete bei dem Versuch, die Stimmung aufzuheitern, ihr Milchglas um. Als Dave ihr impulsiv einen kleinen Klaps versetzte, rannte sie weinend in ihr Zimmer. Er konnte sich selbst nicht ausstehen und ließ seine Laune an Margie aus.
Der Kartenabend mit den Fryes verlief auch nicht besser. Wilson Frye war ein großer Mann Anfang vierzig mit roten Bakken. Er kannte jeden in Morriston und versuchte mit dem Geschick eines Seiltänzers, es allen recht zu machen. Als Polizeichef hatte er es nicht leicht. Georgia Frye war eine schlanke, gutmütige Frau, der die Hacketts ans Herz gewachsen waren und die in Tina ganz vernarrt war. Die Fryes waren kinderlos.
Margie und Georgia gingen nach der Partie Binokel in die Küche, um Erfrischungen zu holen. Frye zündete sich eine Zigarre an, nachdem Dave es abgelehnt hatte zu rauchen, und lehnte sich auf der Couch zurück.
»War Margie sehr unglücklich?« fragte er. Dave warf das Kartenspiel in eine Schublade und schob sie heftig zu.

»Nein, natürlich nicht. Sie ist gern arm«, entgegnete er schroff.
»Es tut mir verteufelt leid, Dave. Aber Henderson hat dir da ein Bein gestellt.«
»Das hast du mir heute schon öfters hingerieben.« Dave blieb stehen. »Nelson hat weniger Dienstjahre als ich. Und ich weiß, daß er eine schlechtere Prüfung abgelegt hat.«
»Gut, du bist mein bester Mann, Dave. Du bist vielleicht zu gut. Du gehst mit den Leuten falsch um. Und der Stadtrat entscheidet nun mal, wer befördert wird und wer nicht.«
»Ich bin eingestellt worden, damit ich meine Arbeit tue. Und wenn du willst, daß ich sie richtig mache, muß ich manche hart anfassen.«
»Natürlich, Dave. Aber . . .« Frye verstummte, als Margie mit einer Platte Kuchen und einer Schüssel Eiscreme ins Zimmer kam. Georgia folgte ihr mit einer Kanne Kaffee. »Ah, darauf habe ich mich schon den ganzen Abend gefreut, Margie«, fuhr Frye fort. »Das sieht ja köstlich aus.«
Dave zwang sich bis zum Aufbruch der Fryes, den höflichen Gastgeber zu spielen. Die Fryes gingen früher als sonst, und er und Margie standen auf der Veranda und sahen der großen Limousine nach, bis sie hinter der nächsten Ecke verschwunden war. Es war ein hübscher Wagen, und sieben Jahre jünger als der der Hacketts. Und er war bezahlt.
»Georgia hat das sehr leid getan«, bemerkte Margie vorsichtig, als sie das Geschirr spülten.
»Mir auch«, konterte Dave. »Das Verbrechen ist nicht das einzige Metier, das sich nicht auszahlt.« Dave fluchte, als er ein Glas zerbrach. »Laß dir das von einem Polizisten sagen, der weiß, wovon er redet.«
»Du bist nicht in der Armee, Dave. Du kannst jederzeit den Dienst quittieren.«
»Wenn's mir was einbrächte, würd' ich's tun«, erklärte Dave

bitter. Es folgte gespanntes Schweigen. Dave sah noch einmal nach Tina, und als er das Haus abgeschlossen hatte, lag Margie schon im Bett. Ihr Bauch wölbte sich bereits beträchtlich unter der dünnen Decke. Gewöhnlich machte Dave darüber eine lustige Bemerkung, aber an diesem Abend zog er nur schweigend seinen Pyjama an, machte das Licht aus und ging ins Bett.

»Vater könnte noch immer einen Mann im Büro brauchen«, brach Margie das Schweigen nach dem Gutenachtkuß. »Heute am Telefon hat er es wieder gesagt.«

»Jetzt holt er zum letzten Schlag aus, was?« fragte Dave. »Er hat's mir ja schließlich schon von jeher gesagt . . . und so weiter.«

»Fünfhundert Dollar im Monat«, fuhr Margie gelassen fort. »Und wenn die Stadt weiter so wächst . . . Vater will in ein, zwei Jahren eine Filiale eröffnen. Du bist sein einziger Sohn, Dave.«

»Welche Enttäuschung ich für ihn sein muß«, bemerkte Dave sarkastisch. Insgeheim hätte er vor Wut heulen können. Fünfhundert im Monat für einen Posten bei der Firma Tanner Investments war eine Menge mehr als die vierhundertfünfundzwanzig, die er jetzt bekam. Zivilkleidung, ein klimatisiertes Büro mit seinem Namensschild an der Tür. Keinen Kummer und keine Enttäuschungen mehr, keine Niederlagen wie die, die er an diesem Tag hatte einstecken müssen.

»Oh, Dave, Dave! Ich weiß, wieviel es dir bedeutet, ein guter Polizist zu sein. Aber . . .«

Sie vollendete den Satz nicht, und Dave fragte sich, wie sie wissen wollte, was es wirklich für ihn bedeutete. Wer außer einem dickköpfigen Polizisten konnte das schon wissen?

Der darauffolgende Morgen war erfrischend kühl, und beim Aufstehen hatte sich ein Teil der Bitterkeit bereits verflüchtigt. Tina hatte ihm mit kindlicher Unbekümmertheit verziehen. Er gab ihr zum Abschied einen Kuß und überließ sie dem Kampf mit ihren Cornflakes, die sie über den Tisch verstreut hatte.

Margie begleitete ihn bis zum Auto. Sie erwähnte Bürojobs oder Monatsgehälter von fünfhundert Dollar mit keinem Wort mehr, sondern murmelte nur: »Ich liebe dich.« Sie küßte ihn heftig.

»Ich dich auch«, erwiderte Dave schuldbewußt und stieg in den Wagen. Der Anlasser leierte durch. Margie biß sich auf die Unterlippe. Endlich sprang der Motor an. Sie winkte noch immer, als er um die Ecke bog. Sie mußte ihn wirklich sehr gern haben.

Margie hatte all die Jahre durchgehalten. Der erste Prüfstein war gleich nach der Hochzeit der Koreakrieg gewesen. Dave hatte sich freiwillig gemeldet, obwohl er eine gute Chance gehabt hätte, nicht eingezogen zu werden. Und er war noch immer überzeugt, das Richtige getan zu haben.

Nach Kriegsende hatte er die Khakiuniform mit der blauen Kluft der Stadtpolizei von Morriston vertauscht und dreihundertfünfundzwanzig Dollar Anfangsgehalt in Kauf genommen. Ebensoviel verdiente ein einfacher Arbeiter. Aber Dave hatte schon als Kind Polizist werden wollen, und das hatte sich nie geändert.

Die vergangenen fünf Jahre waren weiß Gott kein Zuckerlekken gewesen. Dave war kein diplomatischer Mensch. Rückblickend hatte er vermutlich sogar Glück gehabt, daß man ihn zwei Jahre zuvor zum Sergeant gemacht hatte. Man durfte die Bürger nicht vor den Kopf stoßen, und deshalb brauchte die Polizei Beamte mit diplomatischem Geschick. Nelson war dafür genau der Richtige. Nicht daß er deshalb nicht in Ordnung gewesen wäre. Es gab eben Zeiten, da war es wesentlich einfacher, ein Auge zuzudrücken und die Dinge schleifen zu lassen. Nur Dave Hackett war dafür nicht geschaffen.

Doch auch wenn er den Tiefschlag der seiner Ansicht nach ihm zustehenden, aber nicht vollzogenen Beförderung vernunftmäßig überwunden hatte, war es für Margie ein harter Schlag. Auch weiblicher Stolz war auf die Dauer kein Ersatz für all die schönen und angenehmen Dinge, die die Freunde besaßen. Daves Gesichtsmuskeln hatten sich erneut verkrampft, als er am Polizeipräsidium wie immer eine halbe Stunde vor dem offiziellen Dienstantritt seiner Mitarbeiter aus dem Wagen stieg.

Jerry Nelson sah hinter seinem neuen Schreibtisch auf. Er machte in seinem neuen Gabardine-Anzug einen sehr selbstbewußten Eindruck. Nelson war ein schlanker, gutaussehender Mann, der sich mit der Verwaltungsarbeit leichttat. Außerdem kam er gut mit der Presse zurecht. »Zeigt, daß wir Polizisten den Bürgern einen Gefallen tun, anstatt sie zu verhaften«, war Fryes Maxime, und Nelson hatte die Begabung, genau diesen Eindruck zu erwecken. Fotos in der Zeitung, die Eiswaffel für Kinder, die sich verlaufen hatten, und der ganze übliche Kram. Und natürlich die stillschweigende Übereinkunft mit der Stadt, das Gesetz in manchen Fällen nicht zu eng auszulegen.

»Morgen, Dave. Hör zu, ich . . .« Nelson verstummte verlegen.

»Mach dir keine Sorgen«, entgegnete Dave. »Ich hab' mich schon abreagiert. Vergessen wir die Sache. Meinen Glückwunsch.« Das letzte Wort wäre Dave beinahe im Hals stekkengeblieben, aber er hatte es dann doch gesagt und fühlte sich danach schon wesentlich besser.

Er las die Dienstberichte der vorausgegangenen beiden Schichten durch. Darin gab es nichts Wichtiges, das er seinen Streifenpolizisten hätte durchgeben müssen. Er schickte sie mit knappen Anweisungen in den Dienst: Vier Beamte mit vier Streifenwagen. Damit waren die Autos unterbesetzt, aber was sollte er tun? Statt des wünschenswerten Verhältnisses von 1,7 Polizeibeamten pro tausend Bürgern erlaubte es das Budget von Morriston lediglich, daß ein Polizist auf tausend Bürger kam! Eine Besatzung von zwei Polizeibeamten pro Einsatzwagen war daher ein Luxus, von dem man nur träumen konnte. Und die Tatsache, daß in Morriston nur jeweils ein Mann in einem Streifenwagen saß, war in mehr als einer Hinsicht gefährlich. Es bedeutete eine Gefahr für das leibliche Wohl des Beamten, der jederzeit körperlichen Angriffen ausgesetzt war, und für seinen Ruf, da es nur allzu häufig vorkam, daß weibliche Delinquenten behaupten konnten, von ihm unsittlich belästigt worden zu sein. In solchen Fällen stand das Wort des Beamten gegen das einer anderen Person.

Obwohl die Verhältnisse in Morriston ausgesprochen rückständig waren, gab es viele Bürger, die behaupteten, es gebe zuviel Polizisten in der Stadt. Und etliche Stadträte bildeten sich ein, allein sie und kein unparteiisches Gremium habe in Personalangelegenheiten zu entscheiden.

Immerhin bin ich nicht bei der Armee, ich kann jederzeit gehen, sagte sich Dave, als er in einen Streifenwagen stieg. Tagsüber war der Streifendienst noch ganz angenehm; abgesehen vom Verkehr natürlich. Dave fuhr kreuz und quer durch die Stadt. Er war froh, daß alles ruhig war. Um Viertel nach zehn las er einen fünfzehnjährigen Tramper auf und brachte ihn aufs Revier, um ihm gründlich die Leviten zu lesen.

»Das nächste Mal nimmst du lieber den Bus, mein Junge«, sagte Dave, nachdem er ihn über die gesetzlichen Bestimmungen aufgeklärt hatte. »Die fünfzehn Cents hast du doch noch übrig, oder?«

»Danke für den Tip«, maulte der Junge mißmutig. Trotzdem nahm Dave an, daß er eine Weile geheilt war. Drei Wochen

zuvor hatten vier Teenager den Autofahrer, der sie mitnehmen wollte, niedergeschlagen, ausgeraubt und den Wagen gestohlen. Und erst vor kurzem waren zwei sechzehnjährige Mädchen, die keine Lust gehabt hatten, die eineinhalb Kilometer von der Schule nach Hause zu Fuß zu gehen, von einem Betrunkenen mitgenommen worden und hatten das bitter bereuen müssen. Solche Dinge wurden in der Stadt allerdings schnell vergessen.
Dave wollte gerade gehen, als der Polizeichef kam. Frye sah in seinem grauen Anzug und dem weichen Filzhut sehr elegant aus. Er verdiente allerdings auch sechshundert Dollar im Monat und wurde häufiger vom Rotary Club und Lions Club zum Essen eingeladen, so daß sich der Bauch über dem Hosenbund bereits beachtlich zu wölben begann. Trotz alledem war Frye in Morriston nicht glücklich. Für ihn war das Leben in der Stadt, in der er weder geboren noch aufgewachsen war, ein ›Muß‹, und er hätte sich etwas Besseres gewünscht.
»Na, wie geht's, Dave?« erkundigte er sich und streifte Zigarrenasche in einen Aschenbecher auf dem Schreibtisch des Beamten, der den Funkverkehr mit den Streifenwagen überwachte.
»Gut«, antwortete Dave. »Heute morgen hatten wir noch keinen einzigen Mord.«
»Bist du noch sauer wegen gestern?«
Dave zuckte mit den Schultern. »Ich bin ja nicht bei der Armee, wie Margie so treffend gesagt hat.«
»Manchmal benimmst du dich allerdings genauso«, entgegnete Frye ernst. »Du führst da einen ganz persönlichen Krieg, Dave.«
»Also bis später«, murmelte Dave hastig, ging hinaus und stieg in den Streifenwagen.
Es war inzwischen bereits ziemlich heiß, und als er die Main

Street hinunterfuhr, merkte er, wie sein Hemd im Rücken feucht wurde. Während Dave ganz routinemäßig den Wagen durch die Stadt lenkte, entging ihm nichts von dem, was um ihn herum passierte. Er verscheuchte einen Autofahrer, der in der zweiten Reihe geparkt hatte, und entdeckte, daß eine der Ampeln in der Innenstadt ausgefallen und der Verkehr dadurch ins Stocken geraten war. Nachdem er über Funk Meldung gemacht hatte, regelte Dave bis zum Eintreffen der Reparaturkolonne und der Verkehrspolizei den Verkehr.
Um halb ein Uhr fuhr er normalerweise zum Mittagessen nach Hause, und daß er es an diesem Tag nicht tat, war Pech, denn er hätte sich auf diese Weise viele Unannehmlichkeiten ersparen können.
Im ersten Moment dachte Dave, der Fahrer sei betrunken, als er das Coupé in Schlangenlinien in die Main Street einbiegen sah. Dave schaltete Blaulicht und Sirene ein. Das Coupé raste mit über achtzig Sachen die Main Street entlang, und es dauerte eine Weile, bis sein Fahrer den Streifenwagen bemerkte und mit quietschenden Bremsen anhielt. Noch bevor Dave aus dem Wagen steigen konnte, war der Fahrer des Coupés wild gestikulierend auf die Straße gesprungen.
»Mein Junge . . . er hat sich fast die Hand abgehackt! Er muß sofort ins Krankenhaus! Um Gottes willen, halten Sie uns jetzt nicht auf, Sir.« Die Augen des Mannes glänzten fiebrig. Dave war mit wenigen Schritten auf der Beifahrerseite des Coupés und sah auf den zwölfjährigen Jungen hinunter, dessen rechte Hand in ein blutiges Handtuch gewickelt war. Blut tropfte auf seine Hose und die Autopolster. Der bleiche, völlig verängstigte Junge fing bei Daves Anblick zu weinen an. Dave erkannte zwar die Schwere der Verletzung, nahm jedoch nicht an, daß der Junge bereits in wenigen Minuten verbluten würde.
»Fahren Sie hinter mir her!« forderte er den Vater des Jungen

auf. »Ich gebe Ihnen Geleit.« Dave ließ das Blaulicht eingeschaltet und bediente die Sirene nur gelegentlich, während er dem Coupé mit der vorgeschriebenen Geschwindigkeit von fünfzig Kilometern pro Stunde vorausfuhr. Es herrschte wie immer um die Mittagszeit dichter Verkehr, und das Krankenhaus lag sieben Blocks weit entfernt. Trotzdem rechnete Dave damit, daß sie in spätestens zwei Minuten dort sein konnten.

Dem Fahrer des Coupés allerdings schien die vorgeschriebene Geschwindigkeit viel zu langsam zu sein. Mit quietschenden Reifen scherte das Coupé plötzlich hinter Daves Streifenwagen aus, raste an ihm vorbei und schoß bei Rot über die Wembley-Kreuzung, wo es um ein Haar mit dem vollbeladenen Lieferwagen einer Limonadenfirma kollidiert wäre. Dave trat das Gaspedal durch, schaltete die Sirene ein und biß die Zähne zusammen. Hätte er Vater und Sohn doch nur aufgefordert, zu ihm in den Streifenwagen zu steigen.

An der nächsten Kreuzung schaffte es das Coupé noch bei Grün hinüberzukommen, doch an der übernächsten überfuhr es erneut ein rotes Licht. Vor dem Krankenhaus gab es noch eine Ampel, und Dave befürchtete, daß der Vater des verletzten Jungen dort weniger Glück haben könnte. Es gelang Dave schließlich, mit dem Coupé gleichauf zu fahren, und es war nicht nur die Sonnenhitze, die Dave den Schweiß aus den Poren trieb, als er den Wagen einen Block vor dem Krankenhaus an den Straßenrand drängte und zum Halten zwang. In diesem Augenblick überquerten dort ein Gastransporter und ein Lastzug die Kreuzung. Eine Kollision mit diesen beiden schweren Lastwagen hätte für Vater und Sohn den sicheren Tod bedeutet. Dave fluchte unterdrückt, als er ausstieg. Er war erregt und erschöpft zugleich und auf das, was ihn erwartete, überhaupt nicht gefaßt.

»Verdammter Bulle!« schrie der Fahrer des Coupés außer sich

vor Wut. Der Streifenwagen hatte ihm endgültig den Weg versperrt. Er sprang aus dem Auto und holte zum Schlag aus. Dieser verfehlte Dave um Haaresbreite. Trotzdem geriet Dave aus dem Gleichgewicht, so daß er unsanft gegen den Kotflügel des Coupés prallte. Der wütende Vater war inzwischen bereits um den Wagen herumgerannt, riß die Tür zum Beifahrersitz auf, zerrte seinen Jungen heraus, nahm ihn auf den Rücken und rannte im Dauerlauf in Richtung Krankenhaus davon.

Bis Dave den Führerschein des Fahrers sichergestellt und das Kennzeichen des Wagens notiert hatte, hatte sich bereits eine wütende Schar von Schaulustigen um ihn versammelt. Einige hatten genug von dem gesehen, was sie sehen wollten, und bauschten die Angelegenheit jetzt unnötig auf. Buhrufe begleiteten Dave, als dieser nur müde den Kopf schüttelnd wieder in den Streifenwagen stieg und zum Krankenhaus fuhr.

Mit dem Jungen war alles in Ordnung. Er würde zwar einige häßliche Narben zurückbehalten, aber bis auf die Tatsache, daß er die Kuppe des kleinen Fingers verloren hatte, war die Sache glimpflich für ihn abgegangen. Aber der Vater schäumte noch immer vor Wut, leugnete hartnäckig, die Kreuzung bei Rot überfahren zu haben, und deckte Dave mit Schimpfworten ein.

»Sie hören noch von mir, Freundchen!« versprach er grimmig. »Und zwar bald.«

»Wenn Sie diese Vorladung jetzt nicht unterschreiben, gehen wir beide gleich vor den Schnellrichter«, drohte Dave und hielt ihm das Formular hin. Das wirkte.

Als Dave nach der Mittagspause zum Polizeipräsidium zurückkehrte, parkte vor dem Eingang eine grüne Limousine mit einem Presseschild hinter der Windschutzscheibe. Der Beamte hinter der Empfangstheke runzelte die Stirn, als er Dave sah.

»Gehen Sie lieber gleich zum Chef«, riet er Dave. »Er ist nicht gut auf Sie zu sprechen.«

Frye hob den Kopf, als Dave hereinkam. Vor seinem Schreibtisch saßen zwei Herren. Der schlankere von beiden war ein Reporter namens Blaze, mit dem Dave sich bereits einmal angelegt hatte.

»Die Herren hier behaupten, es hätte eine häßliche Szene im Krankenhaus gegeben«, begann Frye ruhig. »Was ist passiert?«

Dave berichtete Frye so knapp und präzise wie möglich, was geschehen war, und ließ auch den versuchten tätlichen Angriff des Mannes auf seine Person nicht aus. Der Reporter schnaubte verächtlich.

»Da verblutet ein zwölfjähriger Junge, und Sie verpassen seinem Vater einen Strafzettel«, schimpfte er. »Wenn ich an seiner Stelle gewesen wäre, hätte ich besser zugeschlagen, Hakkett.«

»Das versuchen Sie mal, Freundchen!« entgegnete Dave aufgebracht. Sein Gesicht war rot vor Wut. Der Fotograf nutzte ausgerechnet diesen Augenblick, um Dave zu fotografieren.

»Immer mit der Ruhe, meine Herren«, schlichtete Frye gelassen. »Sie haben ihn also tatsächlich aufgeschrieben? Stimmt das, Dave?«

»Hier sind die Strafzettel«, erklärteDave. »Von dem tätlichen Angriff gegen mich will ich ja gar nicht reden. Der Mann war ziemlich erregt.«

»Sie sind ja ein reizender Zeitgenosse!« begann Blaze prompt. »Haben Sie eigentlich Kinder, Hackett? Wie würden Sie sich denn in einer solchen Situation verhalten? Da hat sich ein Kind beinahe die Hand abgehackt, und Sie . . .«

»Ob der Junge eine Minute früher oder später ins Krankenhaus gekommen wäre, hätte keine Rolle gespielt«, konterte Dave. Am liebsten hätte er dem Reporter einen Boxhieb ver-

paßt. »Ich habe mit dem Arzt gesprochen. Der war nicht schwer verletzt.«
»Das haben Sie wohl schon beim ersten Blick ins Auto diagnostiziert, was?« Blaze ließ nicht locker. »Weshalb haben Sie die beiden nicht mit dem Streifenwagen ins Krankenhaus begleitet, wie Sie das sicher bei irgendeinem Filmstar . . .«
»Schon gut, Blaze«, warf Frye ein und stand auf. »Das reicht jetzt . . . besonders für die Presse.«
»Eine äußerst ergiebige Story«, erklärte Blaze triumphierend. »Danke, Hackett. Tausend Dank.«
»Vergessen Sie nicht, meinen Namen richtig zu schreiben!« rief Dave ihm nach. »Und zwar mit zwei ›t‹, wenn ich bitten darf.«
»Jetzt machen sie auf dich Jagd, Dave«, bemerkte Frye tonlos.
»Na und? Was hätte ich denn tun sollen? Hätte ich es riskieren sollen, daß er einen Unfall verursacht? Wenn ich nicht gewesen wäre, dann wären die beiden jetzt mausetot. Du verlangst doch wohl nicht von mir, daß ich die Anzeige zurückziehe, oder?«
»Selbstverständlich nicht! Du müßtest mich eigentlich besser kennen. Ich habe nur den Eindruck, daß in dieser Stadt immer alle gegen uns sind. Das ist alles, Dave.«
Blaze schrieb Daves Namen richtig. Sogar die Vornamen stimmten. Die Story war der Zeitung eine fette Schlagzeile mit dem in Fryes Büro entstandenen Foto auf der ersten Seite wert. Neben dem Bild des kleinen Marshall in seinem Krankenhausbett wirkte Dave wie ein Wahnsinniger. In seinem Artikel erweckte der Reporter geschickt den Eindruck, der Junge habe in Lebensgefahr geschwebt, als Dave den Wagen seines Vaters angehalten hatte.
Margie las den Artikel ebenfalls, sagte jedoch nichts. Ihr Vater verhielt sich weniger taktvoll. »Gib endlich auf, Dave«,

riet er seinem Schwiegersohn am Telefon. »Komm in meine Firma.«

Das Schlimmste an der ganzen Sache war, daß ausgerechnet zu dem Zeitpunkt, da Dave Marshall verfolgt hatte, auf der anderen Seite der Stadt ein bewaffneter Überfall auf einen Supermarkt stattgefunden hatte. Der Täter war mit fünfhundert Dollar entkommen. Der *Sentinel* brachte die Story unter der Überschrift »Wo war die Polizei?«. Beantwortet wurde diese rhetorische Frage mit dem Artikel über einen Polizeibeamten, der einem Vater einen Strafzettel verpaßt hatte, während dieser seinen verletzten Sohn ins Krankenhaus bringen wollte.

Zwei Tage später wurde das Thema auch von den Leserbriefen aufgegriffen. Ein Leser erwähnte dabei auch Margie und ihre Schwangerschaft. »Wir können nur hoffen«, schrieb er wörtlich, »daß unser Paragraphenreiter nie selbst in eine ähnliche Situation kommt.« Die ganze Sache war ein gefundenes Fressen für die Selbstgerechten, und Dave kam zu dem Schluß, daß er ein Esel war, weil er den Job nicht annahm, den ihm sein Schwiegervater anbot.

Die Nachbarn verhielten sich kühler und zurückhaltender denn je. Einen Polizisten im Wohnviertel zu haben war für die meisten offenbar ein Ärgernis. Margie vergoß deswegen öfter bittere Tränen, wenn Dave nicht zu Hause war, und Dave war froh, daß Tina noch zu klein war, um den Sinn der Hänseleien der anderen Kinder zu begreifen.

Margie tat die Briefe lächelnd ab, doch Dave machte sich Sorgen. Margie würde bald niederkommen. Bei Tina hatte es zwar keine Komplikationen gegeben, und der Arzt behauptete, Margie sei geradezu unverschämt gesund, aber man konnte nie wissen. Was würde er tun, wenn es hart auf hart ging?

Ein Bürgerkomitee kam für die Geldstrafe auf, zu der Marshall verurteilt wurde, und machte aus ihm einen Märtyrer. Stadtrat Henderson, dem Dave so empfindlich auf die Zehen getreten war, lächelte schadenfroh, als sie sich das nächste Mal trafen. Die Zeitungen schmierten weiter über Dave und nutzten die Gelegenheit, die Polizei im allgemeinen zu verunglimpfen. Selbst Frye, der immer mit allen auskommen wollte, bekam sein Fett. Ein paar Tage lang schien ihm das ziemlich an die Nieren zu gehen, dann wirkte der Polizeichef plötzlich wie ausgewechselt. Er bat Dave zu sich und zeigte diesem den Grund für seine gute Laune.

»Ich habe 'ne Menge nachgedacht, Dave«, begann er und lehnte sich entspannt auf seinem Stuhl zurück. »Mein Vertrag in Morriston läuft ab, und das Eis hier war für mich verdammt dünn. Dieser Brief ist heute gekommen. Lies ihn, Dave.«

Frye wurde darin die Stelle des Polizeichefs in Rockford, einer Stadt im Norden des Staates, angeboten. Das Gehalt betrug fünfundsiebzig Dollar mehr pro Monat, und Rockford war eine angenehmere Stadt mit einem wesentlich besseren sozialen Klima. Dave gab den Brief zurück und sah seinen Chef an.

»Ich habe dir ja schon gesagt, daß du mein bester Mann bist«, fuhr Frye überraschend fort. »Jetzt möchte ich dir beweisen, daß ich es aufrichtig meine. Ich brauche dort einen Stellvertreter. Man läßt mir die freie Wahl. Komm mit mir nach Rockford. Ein Lieutenant kriegt dort fünfhundert Dollar im Monat. Und falls dir was zustößt, bekäme Margie eine Pension.«

»Du machst Witze«, murmelte Dave verwirrt. »Ich träume wohl.«

»Nein, du hast richtig gehört. Dave, vielleicht hätte ich mich gegen Henderson durchsetzen und dich zum Lieutenant machen können, aber ich habe insgeheim gehofft, daß diese Chance für mich kommen würde. Mag sein, daß ich ein Feigling bin, Dave. Aber vielleicht bin ich auch nur selbstsüchtig. Du schuldest dieser Stadt nichts. Du bist nicht bei der Armee. Das hast du mir selbst gesagt.«

Auf dem Schreibtisch lag eine zusammengefaltete Ausgabe des *Sentinel.* Die Schlagzeile auf der ersten Seite lautete: »Stadtrat heizt Frye ein«. Was schuldete Dave solchen Leuten? Er kannte Rockford. Es war eine hübsche Stadt und hundertfünfzig Kilometer von der Versuchung, bei der Firma Tanner Investments einen Job anzunehmen, entfernt. Auch die Bezahlung war gut. Trotzdem schüttelte Dave langsam den Kopf.

»Danke, Wilse«, sagte er mit ernster Miene. »Aber meine Antwort ist nein. Vermutlich bin ich ein ziemlich dickköpfiger Polizist, aber ich bleibe hier.«

»Hast du Angst, man könnte sagen, daß du davongelaufen bist?« fragte Frye und faltete den Brief sorgfältig zusammen. »Ist das der Grund, Dave?«

»Ja. Ich habe Angst, daß Dave Hackett sagen könnte, ich sei davongelaufen. Das ist meine Stadt, Wilse. Hier gehöre ich einfach her.«

Frye zuckte resigniert die Schultern. »Es war nett, mal einen Idealisten getroffen zu haben. Viel Glück, Dave. Du kannst es vermutlich auch brauchen, wenn der neue Chef den Laden hier übernimmt.«

Dieser Gedanke machte Dave Sorgen. Trotz aller Fehler, der große, dicke Frye hatte stets zu ihm gehalten. Er war ein verdammt guter Boß und ein Freund gewesen. Wie sollte Dave gegen den Stadtrat und die noch unbekannte Größe des zukünftigen Polizeichefs bestehen? Das würde er bald herausfinden.

»Danke für das Angebot«, seufzte er schließlich. »Und dir wünsche ich ebenfalls viel Glück. Ich glaube, Georgia wird sehr froh sein.«

»Ich habe keine Ahnung, was sie ohne Tina anfangen wird«, murmelte Frye. »Vielleicht überlegst du's dir noch mal.«
Dave fuhr zum Essen nach Hause. Es fiel ihm schwer, Margie von Fryes Angebot zu erzählen, das er abgelehnt hatte, doch er tat es trotzdem.
»Du hast einen Idioten geheiratet«, schloß er. »Allerdings ist es noch nicht zu spät. Ich kann immer noch . . .«
»Ich möchte, daß du tust, was du für richtig hältst«, erklärte sie. Dann biß sie sich plötzlich auf die Unterlippe und machte die Augen zu. »Jetzt fährst du mich erst mal lieber ins Krankenhaus. Dr. Skinner muß sich in der Zeit verrechnet haben.«
Unterwegs setzten sie Tina bei Margies Mutter ab. Als Dave in den Streifenwagen zurückkehrte und das schmerzverzerrte Gesicht seiner Frau sah, war die Versuchung groß, das Gaspedal durchzutreten und die Sirene einzuschalten. Doch es war nicht der Leserbrief mit seinen Andeutungen, der Dave veranlaßte, nur mit der zulässigen Geschwindigkeit zum Mercy Hospital zu fahren.
Kurz vor dem Krankenhaus kam ein Funkspruch der Zentrale durch. Die Stimme des diensthabenden Beamten klang erregt, als er die Meldung an alle Streifenwagen durchgab, daß es bei einem Überfall auf einen Supermarkt zu einer Schießerei mit Geiselnahme gekommen war. Die Geisel war eine junge Verkäuferin. Dave erinnerte sich sofort. Auch beim letzten Überfall hatte es einen Supermarkt getroffen.
Margie hatte die Augen geschlossen, und Dave fluchte leise. Weshalb mußte das ausgerechnet jetzt passieren? Er hielt vor dem Krankenhaus, griff nach dem Mikrofon und meldete dem Beamten, daß er mit einem ganz persönlichen Notfall beschäftigt sei. Fünf Minuten später schoben ihn die Krankenschwestern aus dem Kreißsaal, um Margie auf die Geburt vorbereiten zu können. Als sie ihn wieder zu ihr ließen, war der Arzt noch immer nicht da, und Dave wurde nervös. Mar-

gie merkte, was mit ihm los war, lächelte und griff nach seiner Hand.
»Mach dich lieber wieder an deine Arbeit, Sergeant Hackett«, sagte sie leise. Offenbar begannen die Beruhigungsmittel bereits zu wirken. »Los, fang deinen Räuber.«
»Ach, zum Teufel mit ihm!« entgegnete Dave und drückte ihre Hand. »Ich warte hier.« Als Tina geboren worden war, hatte Dave den Großeinsatz bei einem Fabrikbrand geleitet. Diesmal wollte er dort bleiben, wo er hingehörte, nämlich bei seiner Frau.
»Sogar die Schwestern können besser Babys auf die Welt helfen als du, Liebling«, flüsterte Margie mit einem zaghaften Lächeln. »Geh, Dave. Ich möchte, daß du gehst.« Dave verließ den Kreißsaal. Als er die Treppe zum Vordereingang hinunterrannte, sprintete Dr. Skinner gerade die Stufen hinauf. Er winkte Dave kurz zu.
»Tut mir leid, daß ich mich verspätet habe. Dafür bringe ich Ihnen diesmal einen Jungen auf die Welt.«
Dave riß die Wagentür auf und meldete sich bei der Zentrale, um sich nach dem neuesten Stand der Dinge zu erkundigen. Doch statt des diensthabenden Beamten in der Funkzentrale hörte er Jerry Nelsons Stimme. Diesmal klang der Lieutenant sehr wenig selbstsicher.
»Hier spricht Lieutenant Nelson, Dave. Der Bursche hat uns ausgetrickst. Er hat unseren inneren Absperrungsring durchbrochen. Ich fürchte, er ist uns endgültig durch die Lappen gegangen. Wir haben die Straßenpatrouillen der Staatspolizei alarmiert. Sie können ihn südlich der Stadt vielleicht noch abfangen.«
»Dann hat er also die Straße am Fluß entlang genommen?« erkundigte sich Dave und fuhr mit dem Streifenwagen los. »Ich bin vor dem Mercy Hospital und will versuchen, ihm den Weg abzuschneiden.«

»Seien Sie vorsichtig, Dave. Der Bursche ist gefährlich. Er hat wahrscheinlich einen Mann auf dem Gewissen und außerdem das Mädchen bei sich. Vielleicht sollten Sie lieber . . .«
»Wir machen unseren Dreck alleine«, entgegnete Dave und schaltete das Mikrofon ab. Er bog in die ungeteerte Straße ein und trat das Gaspedal durch. Diesmal wäre es außerordentlich beruhigend gewesen, noch einen zweiten Mann im Wagen zu haben.
Er hatte inzwischen das Stadtgebiet verlassen, und die Straße führte in einer sanften Neigung zum Fluß hinunter. Bei der Brücke mündete sie in den Highway 95, und wenn Dave Glück hatte, dann konnte er den Verbrecher dort noch abfangen. Falls es ihm nicht gelang, dann würde es eine ganze Weile dauern, bis eine Patrouille der Staatspolizei ihn schnappen konnte. Dave lenkte den Streifenwagen mit hoher Geschwindigkeit um eine gefährliche Kurve. Dahinter kam bereits die Brücke in Sicht. Die Staubwolke, die der Wagen hinter sich aufwirbelte, würde weithin zu sehen sein, aber das mußte er riskieren.
Dave bremste abrupt und fuhr den Wagen hinter eine Baumgruppe auf seiner Seite der Brücke. Falls der Verbrecher wirklich zu allem entschlossen war, konnte es nicht schaden, das Überraschungsmoment auf seiner Seite zu haben, überlegte Dave. Er griff nach dem Mikrofon, um Meldung zu machen, und hatte kaum einen Satz gesprochen, als er bereits einen Wagen schnell näher kommen sah. Dave legte den ersten Gang ein, wartete, bis die schwarze Limousine auf der Brücke war, und schoß dann vorwärts, um ihr auf seiner Seite den Weg zu versperren.
Der Fahrer der schwarzen Limousine hatte keine andere Wahl. Er trat das Bremspedal durch und faßte das Lenkrad fest mit beiden Händen, um zu verhindern, daß der Wagen ins Schleudern geriet. Die Bremsspur, die die schwere Limousine

auf der abschüssigen Straße hinterließ, endete erst gut drei Meter vor Daves Streifenwagen. Hätte sich der Fahrer des Wagens als unschuldiger Bürger entpuppt, wäre sich Dave ziemlich dumm vorgekommen. Doch er hatte keinen Grund, sich zu entschuldigen. Dave stand bereits mit gezückter Waffe abwartend vor dem Streifenwagen, als der Fahrer der Limousine die Hand vom Lenkrad nahm.

Der Mann musterte Dave kalt, während nackte, panische Angst in den Augen des Mädchens stand. Um das Mädchen nicht zu gefährden, nahm Dave besonders vorsichtig Maß und zögerte einen Moment zu lange. Die automatische Waffe des Gangsters ging zuerst los. Dave spürte einen dumpfen Schlag in der Schulter, dann drückte er ebenfalls ab. Der schrille Schrei des Mädchens begleitete das Krachen des Schusses, und der Mann am Steuer der Limousine starrte entgeistert auf den dunkelroten Fleck auf seiner Hemdbrust. Dave kämpfte tapfer gegen das Schwindelgefühl an, das ihn zu übermannen drohte, und legte dem Gangster Handschellen an. Dann fühlte er sich so schwach, daß er sich gegen den Wagen lehnen mußte. So fanden ihn kurz darauf Frye und Nelson, deren Streifenwagen mit quietschenden Bremsen zum Halten gekommen war.

»Du verrückter Kerl!« schimpfte der Polizeichef ehrlich empört. »Nach dem Mittagessen war ich bei euch und habe erfahren, daß du Margie ins Krankenhaus gebracht hast. Und jetzt finde ich dich hier mit einer Kugel in der Schulter!«

»Kannst du nicht warten, bis man mich verarztet hat, wenn du mir schon unbedingt die Leviten lesen mußt?« bat Dave.

»Na gut. Aber etwas will ich dir noch sagen, bevor sie dich im *Sentinel* als Helden feiern«, fuhr Frye fort und grinste über das ganze rotbackige Gesicht. »Nur damit du nicht denkst, die Sache heute sei der Grund dafür gewesen, daß du den Job bekommen hast. Der Stadtrat hat meiner Empfehlung hin-

sichtlich der Person meines Nachfolgers in Morriston entsprochen. Ich fürchte, jetzt bist du an der Reihe.«
»Ich finde deine Witze jetzt ziemlich unpassend«, entgegnete Dave mürrisch und mußte erneut gegen Schwindelgefühle ankämpfen. »Ich kann mir vorstellen, wie begeistert mein Freund Henderson für mich gestimmt hat.«
»Der Stadtrat besteht nicht nur aus Henderson, Dave. Drei oder vier andere stimmen häufig nicht mit ihm überein. Ich schätze, die Herren sind endlich aufgewacht. Vielleicht haben sie ein schlechtes Gewissen bekommen. Na, ist ja egal. Deshalb bin ich übrigens nach dem Mittagessen zu dir rausgefahren. Ich wollte es dir gleich erzählen.«
Als Dave wieder zu sich kam, halfen ihm die beiden anderen aus dem Wagen. Es überraschte ihn selbst am meisten, wie schwach man sich mit einer Kugel in der Schulter fühlen konnte, doch er weigerte sich standhaft, sich auf einer Bahre ins Krankenhaus tragen zu lassen. Gestützt von Frye und einem Assistenzarzt ging er den Korridor entlang. Eine Tür öffnete sich, und ein Mann trat aus einem Krankenzimmer. Sein Gesicht kam Dave bekannt vor. Es war Marshall, der Vater des Jungen mit der verletzten Hand. Marshall wurde dunkelrot, als er Dave sah.
»Hören Sie, Hackett«, begann Marshall verlegen. »Die Sache neulich . . . Es tut mir leid. Ich habe erkannt, wie dämlich ich mich benommen habe. Meinem Jungen geht es wieder gut. Aber wenn uns der Transporter erwischt hätte . . .«
»Schon gut, vergessen wir's«, wehrte Dave ab und wußte selbst nicht, weshalb er plötzlich so guter Laune war. »Besuchen Sie mich mal. Sie kriegen auch bestimmt 'ne Zigarre.«
Danach bestand Dave eisern darauf, das Baby sehen zu dürfen. Frye veranlaßte, daß eine Schwester das Neugeborene auf den Korridor brachte. Es hatte wirres rotes Haar. Dr. Skinner hatte Wort gehalten. Es war ein Junge.

Margie lag bereits wieder auf der Station. Man hatte eine spanische Wand vor ihrem Bett aufgestellt, so daß sie einige Minuten ungestört waren. Margie war so schläfrig, daß sie kaum ein vernünftiges Wort herausbrachte, doch Dave machte das alles nichts aus. Er fühlte sich großartig. Es war fantastisch, eine Frau zu haben, die auf einen dickköpfigen Polizisten auch noch stolz war. Er konnte nur hoffen, daß seine neue Stellung daran nichts ändern würde.

Der Trick mit dem »Elektrischen Girl«

Edward D. Hoch

Sie hieß Madge August, oder wenigstens war das der Name, den sie mit siebzehn angenommen hatte, als sie ihren ersten Job als Go-Go-Tänzerin in einer Bar in der Innenstadt bekommen hatte. Seit ein Junge in der Highschool behauptet hatte, sie sehe aus wie Marilyn Monroe, hatte sie keinen anderen Wunsch gehabt, als ins Show Business zu gehen, und wenn das Engagement als Go-Go-Tänzerin ein Schritt auf dem Weg zum Erfolg war, dann war sie fest entschlossen gewesen, ihn zu tun.

Jetzt, acht Jahre nach dem Job in der Bar, war Madge August noch längst kein Broadway- oder Hollywood-Star geworden. Statt dessen arbeitete sie als das *Elektrische Girl* bei einem Schausteller im Vergnügungspark, was ihr hundertfünfzig Dollar pro Woche einbrachte. Alles, was sie tun mußte, war, achtmal täglich auf einem Stuhl zu sitzen, während das einfältige Publikum Geld bezahlte, um sehen zu können, wie Funken aus ihren Fingerspitzen sprühten. Eigentlich hatte Madge sich für ihr Alter, sie war inzwischen vierundzwanzig, etwas Besseres erhofft; etwas Besseres als Jahrmarktsatmosphäre und Standplätze für eine Nacht unter mürrischen Schaustellern.

Der Mann, der sie engagiert hatte, hieß Tommy Small, doch sein Name tauchte außerhalb des Zelts nirgends auf. Alle Reklameschilder galten nur ihr: »Sehen Sie sich das *Elektrische Girl* an! Bei ihm sprühen die Funken! Sie trauen Ihren Augen nicht. Fassen Sie sie an. WENN SIE ES WAGEN!«

Und fast bei jeder Vorstellung trauten sich alle Männer, genau das zu tun.
An diesem bestimmten Abend am Ende eines heißen Wochenendes, an dem man den Tag der Arbeit feierte und im Vergnügungspark allgemein eine leichte Flaute herrschte, saß Madge in ihrem Stuhl, starrte teilnahmslos über das Publikum hinweg und wartete darauf, das letzte Mal ›elektrisiert‹ zu werden. Tommy Small steckte die Kabel in die Steckkontakte, schaltete den Strom ein und rief: »Hier ist sie, meine sehr verehrten Damen und Herren. Tausend Volt fließen in diesem Moment durch den schönen Körper des Mädchens.«
Durch das Publikum ging ein leises Raunen, und wie immer fuhr Tommy hastig fort: »Ich will es Ihnen beweisen! *Elektrisches Girl*, heb deinen rechten Arm!« Madge gehorchte wortlos, und Tommy berührte ihre Haut mit einer langen, blauen Halogenlampe. Die Lampe leuchtete augenblicklich auf, und die Menge schrie überrascht auf.
»Und wir machen noch einen Test«, erklärte Tommy. Er befestigte am Ende eines Elektrodrahts einen Wattebausch, den er mit Benzin tränkte und auf ihre Hand legte. Madge haßte diesen Teil der Vorstellung am meisten und mußte sich jedesmal zwingen, ihre Hand nicht hastig wegzuziehen, wenn der Wattebausch in Flammen aufging. Anschließend bereitete Tommy den Höhepunkt der Show vor. Die Zuschauer wurden aufgefordert, einzeln an Madge vorbeizudefilieren und ihre Hand anzufassen. Es gab stets einige Herren im Publikum, die statt dessen die Gelegenheit nutzten, nach ihrer Brust zu greifen, aber das Ergebnis war dasselbe: Sobald Funken sprühten und von ihr auf sie übersprangen, zuckten sie entsetzt zurück.
An diesem Abend war unter den Zuschauern ein Mann, der aus dem Rahmen fiel. Er war Madge schon während Tommys Vorrede aufgefallen, weil er sich so vornehm zurückhaltend benommen hatte, wie man das auf Jahrmärkten eigentlich sel-

ten erlebte. Madge fand, daß er eher wie der Typ des Country-Club-Besuchers oder wie ein Börsenmakler aussah, und ihr Kontakt zu dieser Sorte von Männern war begrenzt. Später, als die Reihe an ihm war, sie zu berühren, zeigte er keinerlei Anzeichen des Erschreckens und machte auch keine anzügliche Bemerkung. Statt dessen trafen sich ihre Blicke wie die von zwei Verschwörern, die um ein gemeinsames Geheimnis wissen. Madge würde diesen Mann nicht vergessen, und vielleicht war es genau das, was er wollte.

Nachdem Tommy das Zelt geschlossen und ihr die Tagesgage ausbezahlt hatte, lief Madge über die festgetrampelte Erde zum Parkplatz hinüber, wo sie ihren Wagen geparkt hatte. Kaum hatte sie das Auto erreicht, trat eine Gestalt aus der Dunkelheit auf sie zu. Eine Hand legte sich leicht auf ihren Arm. »Was zum Teufel . . .«, entfuhr es ihr, und sie war drauf und dran zu schreien.

»Keine Angst. Ich möchte nur mit Ihnen reden.« Seine Stimme klang angenehm und freundlich. Trotz der Dunkelheit erkannte Madge in ihm sofort den eleganten Herrn aus der letzten Vorstellung.

»Ich habe Sie doch schon im Zelt gesehen«, sagte Madge. »Sie haben mich beobachtet.«

»Das sollte ich doch auch, oder?« entgegnete er grinsend. »Sie sehen in Ihrem Flitterkostüm sehr hübsch aus.«

»Was wollen Sie?« erkundigte sie sich und hatte bereits einen Verdacht.

»Der Jahrmarkt ist vorbei. Falls Sie keine andere Arbeit haben, biete ich Ihnen vorübergehend einen Job an. Könnten wir nicht irgendwo was trinken und uns darüber unterhalten?«

»Also gut.« Warum auch nicht, dachte sie kurzentschlossen. Es hatte schließlich schon eine Menge Männer in ihrem Leben gegeben, die längst nicht so gut ausgesehen hatten wie dieser. Er fuhr einen Mietwagen. Madge folgte ihm in ihrem Auto zu einer Bar in der Nähe, die während der Jahrmarktswoche einen ungeahnten Boom erlebt hatte. Madge parkte ihren alten VW neben dem Mietwagen, und sie gingen zusammen in das Lokal. Er schob sie in eine Nische in der hinteren Ecke und bestellte die Drinks.

»Ich heiße Byrd«, stellte er sich lächelnd vor. »Ulysses S. Byrd. Ich möchte Sie einige Tage engagieren. Sie sollen bei mir eigentlich auch nur das tun, was Sie jetzt auf dem Jahrmarkt gemacht haben.«

»Wieviel?«

»Was haben Sie bei Tommy Small bekommen?«

Madge war überrascht darüber, daß er Tommys Namen kannte. »Zweihundert pro Woche«, antwortete sie prompt. Das waren natürlich fünfzig Dollar zuviel.

Byrd nickte. »Was würden Sie zu der zehnfachen Summe für die halbe Arbeit sagen? Also zweitausend Dollar für drei Tage.«

»In Ordnung«, antwortete sie gelassen, um nicht allzu begeistert zu erscheinen. Vielleicht war Byrd gar kein gewöhnlicher Schausteller. Möglicherweise hatte er einen ganz anständigen Beruf. Vielleicht war er sogar im Show Business.

»Zuerst müssen Sie mir allerdings erklären, wie dieser Trick mit dem *Elektrischen Girl* überhaupt funktioniert, damit ich die nötige Ausrüstung besorgen kann.«

»Das ist ganz einfach. Mein Stuhl steht auf einer kleinen Plattform, unter der ein sogenannter Tesla-Transformator versteckt ist. Mit diesem Gerät kann man hochfrequente Wechselströme hoher Spannung erzeugen. Wegen der hohen Frequenz sind diese Tesla-Ströme für den menschlichen Körper praktisch ungefährlich. Von dem Transformator führt ein Draht durch ein hohles Stuhlbein zu einer Metallplatte auf der Stuhllehne. Sobald ich mit dem Arm auf diese Metallplatte drücke, fließt Strom durch mich, aber das spüre ich kaum. Die

Halogenlampe brennt, weil sie für hohe Frequenzen konstruiert ist. Eine normale Glühbirne würde überhaupt nicht funktionieren.« Madge verstand selbst nicht ganz, was sie Byrd da erklärte, sondern wiederholte nur das, was Tommy Small ihr gesagt hatte. Der Trick klappte, also weshalb sollte sie Fragen stellen?
Byrd hörte ihr aufmerksam zu und machte sich ein paar Notizen. »Kein Problem«, versicherte er ihr. »Ich habe mir schon so was Ähnliches gedacht.«
»Tommy ist immer knapp bei Kasse. Jetzt, da der Jahrmarkt vorbei ist, könnten Sie die Ausrüstung sicher mieten.«
»Gute Idee«, stimmte Byrd zu.
»Was muß ich bei diesem Job eigentlich machen?«
Byrd bestellte noch eine Runde und erklärte Madge dann, was er mit ihr vorhatte.

Am nächsten Tag verhandelte Byrd mit Tommy Small und rief Madge gegen Mittag an, um ihr zu sagen, daß alles geregelt war. »Wir treffen uns um zwei Uhr am Southview-Einkaufszentrum«, erklärte er.
»Gut, ich komme.«
Als Madge ihren Wagen vor dem Einkaufszentrum parkte, wartete Byrd bereits. Sie schloß ihr Auto ab und lief zu seinem Mietwagen hinüber. »Hier bin ich.«
»Steigen Sie ein . . . und schnallen Sie sich an.«
Madge betrachtete Byrd von der Seite, als dieser den Motor anließ. »Ich habe mich über Sie erkundigt, Byrd«, begann sie schließlich.
»Hoffentlich haben Sie niemandem was von unserem kleinen Abenteuer erzählt.«
»Nein, selbstverständlich nicht. Ich habe nur ein paar Freunde über Sie ausgefragt.«
»Und?«

»Sie genießen einen interessanten Ruf. Sind Sie wirklich so schnell und den anderen immer um eine Nasenlänge voraus?«
»Manchmal«, gab er zu. Er bremste ab und bog in eine Seitenstraße ein.
»Es heißt, daß Sie ein Gauner sind . . . allerdings keiner von der üblichen Sorte.«
»Darüber unterhalten wir uns lieber später«, entgegnete er. »Das ist die Straße, und ihr Wagen müßte jetzt jederzeit auftauchen.«
»Vor diesem Teil des Jobs habe ich am meisten Angst.«
»Ganz ruhig. Es kann nichts passieren.« Bei laufendem Motor warteten sie eine Weile schweigend. Dann sagte Byrd plötzlich: »Da kommt sie . . . Halten Sie sich fest!«
In diesem Augenblick bog eine braune Limousine mit schwarzem Dach in die Straße ein. Byrd trat aufs Gaspedal. Der Wagen schoß vorwärts, und die Kotflügel der beiden Autos prallten krachend aufeinander. Madge wurde nach vorn geworfen, und der Sicherheitsgurt schnürte ihr schmerzhaft den Magen zu. »Mein Gott, Byrd!«
»Alles in Ordnung?«
»Ich glaube schon.«
Byrd nahm sich nicht die Zeit, sich zu vergewissern. Er schnallte sich los, sprang aus dem Wagen und lief zu der braunen Limousine hinüber. »Ist Ihnen was passiert?« fragte er die Frau hinter dem Steuer.
»Nein, ich glaube nicht«, antwortete die Frau und stieg aus, um sich den Schaden an ihrem Wagen zu betrachten.
Madge wäre ebenfalls gern ausgestiegen, aber Byrd hatte sie angewiesen, im Auto zu bleiben. Sie saß ganz still auf ihrem Platz und hörte zu.
»Ich habe Sie nicht mal kommen gesehen«, erklärte die Fahrerin der braunen Limousine Byrd und sah zu Madge hinüber. »Ist mit Ihrer Beifahrerin alles in Ordnung?«

»Das ist meine Frau . . . Bist du sicher, daß dir nichts fehlt?« rief er Madge zu.
»Ich glaube schon.« Auf dieses Stichwort hin schnallte Madge sich los, stieg aus und hielt sich unsicher an der Autotür fest. »Ich bin nur noch etwas wackelig auf den Beinen.«
»Ich wohne gleich am Ende der Straße«, begann die Fahrerin des braunen Wagens. »Sie können Ihre Frau zu mir nach Hause bringen und von dort einen Arzt anrufen.«
»Mir geht's gut«, beharrte Madge. »Ich würde mich nur gern kurz hinlegen.«
»Wenn es Ihnen recht ist, dann nehmen wir Ihr Angebot an«, seufzte Byrd. »Während sich meine Frau ausruht, könnten wir den Versicherungskram regeln.«
Byrd half der Dame, den Kotflügel ihres Wagens einigermaßen zurechtzubiegen, so daß sie das kurze Stück bis zur Einfahrt ihres Hauses fahren konnte. Das Haus war groß und alt und lag versteckt hinter einer hohen Hecke. In der bürgerlichen Wohngegend schien es etwas Besonderes zu sein. Im Innern war es bescheiden, aber geschmackvoll eingerichtet. Ein schönes Ölgemälde und die Hausbar verrieten, daß die Besitzer in letzter Zeit zu Geld gekommen sein mußten.
Und auf zwei Kartentischen an der Wand stapelten sich Aktenordner, Broschüren und Briefumschläge. »Führen Sie eine Wahlkampagne durch?« erkundigte sich Madge unschuldig.
Die Dame des Hauses lächelte. »Nein, wir leiten einen Fan-Club. Ich sollte mich vermutlich endlich vorstellen. Ich bin Florence Pregger, die Präsidentin des Hard-Starr-Fan-Clubs.«
»Hard Starr?« wiederholte Madge bewundernd, wie Byrd es von ihr verlangt hatte. »Er ist mein Lieblings-Rocksänger. Ich besitze alle seine Platten.«
»Oh, dann sollten Sie dem Fan-Club beitreten.«
»Wie funktioniert das eigentlich? Könnten Sie mich wirklich mit Hard Starr bekannt machen?«

Während dieses Dialogs lächelte Byrd nachsichtig und spielte den liebevollen Ehemann, der sich über die unreife Schwärmerei seiner Frau amüsiert. Florence Pregger holte Konzertprogramme, Fotos mit Autogrammen und sogar eine autorisierte Kurzbiographie des dreiundzwanzigjährigen Rockstars hervor. Madge betrachtete alles interessiert. Sämtliches Bildmaterial zeigte einen langhaarigen jungen Mann mit einer Gitarre in hautengen Glitzerjeans und mit nackter Brust. Er entsprach nicht gerade ihrer Vorstellung von einem Star des Show Business, doch sie spielte ihre Rolle weiter.

»Am kommenden Wochenende gibt er hier in unserer Stadt ein Konzert«, verkündete Florence Pregger. »Der ganze Club geht geschlossen hin.«

»Oh . . . könnte ich das Konzert auch besuchen? Oder ist das nur was für Teenager?«

»Sehe ich vielleicht wie ein Teenager aus, meine Liebe? Unserem Club gehören Frauen jeden Alters an. Sogar ein paar Männer sind dabei. Mein Mann Sloane hilft mir sogar, den Club zu führen.« Sie nahm einen Stapel vervielfältigter Blätter zur Hand. »Ich bin gerade dabei, den monatlichen Rundbrief an unsere Mitglieder herauszugeben. Sehen Sie sich mal die Kritiken über Hards neues Plattenalbum an. Die Autoren sind nur Männer.«

»Ich würde ihn so gern kennenlernen«, seufzte Madge. »So ein Zufall, daß ich ausgerechnet in dieses Haus gekommen bin.«

Inzwischen hatte ein Wagen in der Auffahrt gehalten, und sie sahen einen stämmigen Mann auf die Haustür zugehen. »Da ist ja Sloane!« rief Florence Pregger. »Ich bin froh, daß Sie ihn noch kennenlernen.«

Sloane Pregger war ein untersetzter Mann mit kalten Augen, einer tiefen, sonoren Stimme und einem allzu kräftigen Händedruck. Madge beobachtete, wie Byrd sich auf die Unterlippe biß und hastig die Hand zurückzog, als Sloane sagte: »Freut mich, Sie kennenzulernen. Wie ist der Unfall denn passiert?«

Byrd berichtete, was vorgefallen war, während Madge weiter in den Rundbriefen an die Mitglieder des Fan-Clubs blätterte.

»Weißt du was, Sloane«, meldete sich schließlich Mrs. Pregger wieder zu Wort. »Die Sparrows sind Fans von Hard Starr!«

Es dauerte einige Sekunden, bis Madge auf den Namen reagierte. Sie hätte beinahe vergessen, daß Byrd sie als John und Mary Sparrow vorgestellt hatte. Dieser Name stand auch in seinem gefälschten Führerschein.

»Wirklich?« sagte Sloane Pregger prompt. »Dann müssen Sie unbedingt unserem Club beitreten.«

»Es kostet nur zehn Dollar im Jahr. Eingeschlossen sind eine kostenlose Schallplatte von Hard Starr, ein Autogramm mit Foto, ein Abonnement auf unseren monatlichen Rundbrief und verbilligte Eintrittskarten zu jedem Hard-Konzert in unserer Stadt. Im vergangenen Jahr ist er zweimal hier aufgetreten.«

Madge hatte noch ein Kästchen auf dem Kartentisch entdeckt. »Was sind das für Halstücher und Armreifen?«

»Oh, wir verkaufen eine gewisse Anzahl von Hard Starr-Souvenirs zu vernünftigen Preisen an unsere Mitglieder.«

»Dürfen wir mal wiederkommen?« bat Byrd. »Ich weiß, wie gern meine Frau über Hard Starr spricht.« Er zückte seine Brieftasche. »Natürlich möchten wir Mitglieder in Ihrem Club werden. Und wenn wir schon mal dabei sind, dann geben Sie uns auch gleich zwei Eintrittskarten für Hard Starrs Konzert am Wochenende.«

»O John!« rief Madge entzückt und kam sich idiotisch vor.

Als sie wieder allein in Byrds Wagen saßen, fragte Madge: »Sie wollen diese Leute doch nicht bestehlen, oder?«

»Bestohlen habe ich in meinem ganzen Leben noch niemanden. Ich nehme nur, was sie mir geben . . . oder besser gesagt, was sie mir förmlich aufdrängen.«
»Eigentlich sind die beiden doch ganz nett.«
»Kaum. Aber vermutlich auch nicht viel schlechter als ich. Heutzutage arbeitet praktisch jeder mit irgendwelchen Tricks, Madge. Die Preggers zum Beispiel mit diesem Fan-Club. Sie ziehen Teenagern zehn Dollar aus der Tasche und verkaufen ihnen nebenbei noch Ramsch. Und Hard Starr ist nicht besser. Er verdient fast eine Million Dollar im Jahr mit Schallplatten, Konzerten und Fernsehauftritten. Die Leute bezahlen dafür zu sehen, wie er sein Hemd auszieht, und seine ohrenbetäubende Musik aus den Verstärkern zu hören. Er und die Preggers arbeiten mit ihren . . . ich arbeite mit meinen Tricks.«
»Ich weiß nicht«, murmelte Madge und starrte angestrengt durch die Windschutzscheibe auf die Straße. »So ganz gefällt mir das nicht.«
»Sie bekommen doch zweitausend Dollar, oder? Ist das zu wenig?«
»Nein, natürlich nicht! Ich habe Sie sogar angeschwindelt. Tommy bezahlt mir gar nicht soviel. Aber . . .«
»Denken Sie nicht zuviel darüber nach«, riet Byrd ihr. »Kommen Sie, wir müssen uns noch wegen Freitag absprechen.«
Und es gab einiges zu klären. Der erste Teil von Byrds Plan war gut verlaufen, aber das, was er Freitag vorhatte, war komplizierter. Madges Ansicht nach gab es viele Dinge, die schiefgehen konnten. Wer wollte vor allem garantieren, daß Hard Starr sie überhaupt attraktiv finden würde? Byrd lachte, als sie ihm ihre Zweifel beichtete. »Machen Sie sich deshalb mal keine Sorgen«, beruhigte er sie.
»Aber er wird von so vielen Groupies umschwärmt«, gab Madge zu bedenken.

»Um so mehr Gründe hat er, auf Sie zu fliegen.«
»Und wie geht es dann weiter?«
Byrd lächelte. »Überlassen Sie das nur mir. Sie spielen lediglich Ihre Rolle.«
»Ich wollte schon immer ins Show Business«, seufzte sie nachdenklich.
»Na, jetzt haben Sie's geschafft. Freitag stehen Sie sogar schon auf der Bühne.«

Byrd war am Freitag nachmittag sehr beschäftigt, und als Madge ihn vor der Konzerthalle traf, grinste er breit. »Es lief alles wie am Schnürchen«, berichtete er. »Da drinnen arbeiten so viele Elektriker, daß einer mehr gar nicht aufgefallen ist.«
»Ich habe trotzdem ein ungutes Gefühl.«
»Vor dem Unfall ist es das gleiche gewesen«, erinnerte Byrd Madge. »Vermutlich haben Sie sich auch jeden Abend vor Tommys Show Sorgen gemacht.«
»Ja, stimmt«, gab Madge zu.
»Haben Sie Florence Pregger angerufen?«
»Ja, genau wie Sie es mir gesagt hatten. Sie hat mir versprochen, uns vor dem Konzert mit Starr bekannt zu machen.«
Als die Preggers pünktlich um halb sieben Uhr in die Konzerthalle kamen, übernahm Sloane Pregger sofort das Kommando. »Sie wissen vermutlich, daß das, was wir jetzt machen, ziemlich unüblich ist. Wir kriegen Hard selbst nur selten zu sehen und nehmen andere Fans nie mit hinter die Bühne. Ich habe deshalb extra mit ihm telefoniert.« Pregger zwinkerte Byrd vertraulich zu. »Als ich Hard natürlich erzählt habe, wie charmant Ihre Frau ist, war er ganz versessen darauf, sie kennenzulernen.«
Obwohl sich bereits einige Fans vor dem Hintereingang der Konzerthalle drängten, ließ der Wachmann die Preggers und ihre Gäste hinein. Offenbar wurden sie bereits erwartet.

»Ich bin so aufgeregt!« plapperte Madge drauflos.
»Du kannst es wohl noch immer nicht glauben, daß du ihn wirklich kennenlernen sollst?« bemerkte Byrd.
»Hard ist ein prima Kerl«, versicherte Pregger. »Er gefällt Ihnen bestimmt.«
Die kleine Gruppe mußte sich durch eine Mauer von Pressemanagern und anderen Mitgliedern von Starrs Tourneetruppe kämpfen, bis sie endlich zu Hard Starr selbst vordrangen. Der Rockstar saß in seiner Garderobe vor dem Toilettentisch. Als sie hereinkamen, stand er auf und musterte Madge bewundernd aus leicht glasigen Augen. »Mann, Sie sind ja wirklich was.«
»Mary Sparrow und ihr Mann John«, stellte Florence vor. »Mary ist eine Ihrer Anhängerinnen, Hard.«
Hard Starr lehnte sich gegen seinen Stuhl. »Hm, Sparrow wie Spatz, meinen Sie? Wirklich ein hübsches kleines Vögelchen.« Damit strich er sich lachend die Locken aus den Augen, und Madge merkte, daß er unter der Einwirkung von Drogen oder Aufputschmitteln stehen mußte. Sie fragte sich, ob Byrd das einkalkuliert hatte.
»Freut mich, Sie kennenzulernen«, murmelte sie.
Starr grinste dümmlich und drückte ihr bedeutungsvoll die Hand. »Ein Song heute abend ist nur für Sie.«
»Ihr Manager sagt, daß das Konzert wieder mal restlos ausverkauft ist«, bemerkte Pregger. »Unser Fan-Club hat zwanzig Prozent der Plätze aufgekauft.«
»Glauben Sie, ich weiß das zu schätzen«, versicherte Starr, ohne den Blick von Madge zu wenden, so daß nicht klar war, ob er die Begegnung mit ihr oder den guten Kartenverkauf mit seiner Bemerkung gemeint hatte.
Madge gelang es, heimlich Byrd einen Blick zuzuwerfen, und sah, daß er unmerklich nickte. »Ich habe einen Wunsch«, begann sie. »Darf ich mal Ihre Gitarre sehen?«

»Tut mir leid, Kleines«, erwiderte Starr. »Aber die ist schon auf der Bühne und an die Verstärker angeschlossen.«
Madge mußte zugeben, daß Starr aus der Nähe ziemlich gut aussah, und der abwesend träumerische Blick in seinen Augen gab ihm eine schläfrige Sinnlichkeit, die besonders auf junge Mädchen unwiderstehlich wirken mußte. »Kann ich sie nicht trotzdem mal anschauen?« bettelte sie. »Ich würde so gern mit Ihnen auf der Bühne stehen und so tun, als träten wir zusammen auf.«
»Wir könnten noch 'ne ganze Menge anderer Dinge tun«, murmelte er und nahm sie bei der Hand. »Kommen Sie!«
Byrd folgte mit den Preggers nur langsam, und Madge hörte, daß er sagte: »Sehen Sie sich Mary an! Sie genießt das in vollen Zügen.«
Die Bühne des Konzertsaals lag größtenteils im Dunkeln. Nur kleine Arbeitslampen brannten. Die Gitarren und das Schlagzeug für Hard Starr und seine Band waren bereits aufgestellt und an die Verstärker angeschlossen, die bald die Ohren der Zuschauer betäuben oder entzücken würden. »Wunderbar«, flüsterte Madge und strich mit der Hand zärtlich über Starrs Gitarre.
»Passen Sie auf! Ich zeige Ihnen was.« Starr bediente einen Schalter und begann, auf der Gitarre eine bekannte Melodie zu intonieren. Byrd und die Preggers beobachteten die Szene von den seitlichen Kulissen aus. Über ihnen waren ein paar Bühnenarbeiter damit beschäftigt, Teile des Bühnenhintergrunds zu befestigen.
Madge warf ihren Kopf zurück und begann, Hüften und Schultern im Rhythmus zu bewegen. Starr beobachtete sie dabei zufrieden. Nach wenigen Minuten schon legte er die Gitarre beiseite und kam zu ihr.
»Heh, Baby«, sagte er, und diesen Augenblick nützte Madge geschickt für ihr Vorhaben aus.

Als sie für die Preggers durch Hard Starrs Körper teilweise verdeckt war, drängte sie sich an ihn, trat plötzlich wieder zurück und zerrte ihn mit sich. Dann riß sie sich los, schien dabei über ein Kabel zu stolpern und fiel plötzlich in einem knisternden Funkenregen zu Boden. Nach einem einzigen spitzen Aufschrei sank sie zur Seite und blieb reglos liegen.
»Oh, mein Gott!« Byrd rannte vor allen anderen quer über die Bühne. »Was ist passiert?«
»Ich . . . ich habe keine Ahnung«, stammelte Hard Starr und preßte die Hand gegen die Stirn. Er schien völlig fassungslos zu sein.
Byrd wollte Madge den Puls fühlen und zuckte elektrisiert zurück, als erneut Funken sprühten und von ihr auf ihn übergingen. »Sie steht unter Strom!« keuchte er.
»Tun Sie doch was!« brüllte Sloane Pregger erregt. Seine Frau schrie hysterisch. Endlich kamen Bühnenarbeiter und Musiker aus den Kulissen gerannt.
Als auch weiterhin Funken um Madges leblosen Körper tanzten, lief Byrd zu dem am nächsten stehenden Bühnenarbeiter und packte ihn am Arm. »Stellen Sie den Strom ab! Los!«
Die Lichter gingen aus, und gleichzeitig hörten auch die Funken auf, aus Madges Gliedmaßen zu sprühen. Die Männer befreiten sie aus dem Gewirr von Elektrokabeln. Als das Licht wieder anging, lief Byrd zu Madge zurück und stieß Starr zur Seite. »Haben Sie nicht schon genug angerichtet?«
»Ich wollte nur . . .«
»Weshalb ruft denn keiner einen Krankenwagen?« schrie Florence Pregger.
Byrd kniete neben Madge nieder und fühlte ihr den Puls. »Sie lebt, aber der Puls ist ganz schwach.« Dann stand er auf und entlud seine ganze Wut auf Starr. »Verdammt, was hatten Sie eigentlich mit ihr vor?«
In diesem Moment erschien Starrs Manager auf der Bühne.

»Heh, Leute! Die Show fängt gleich an. Was ist denn hier los?«

»Heute abend gibt's hier keine Show!« entgegnete Byrd. »Meine Frau kann sterben . . . und wenn es dazu kommen sollte, dann hat Hard Starr sie auf dem Gewissen.«

»Nein! Ich . . .«

Jetzt mischten sich auch die Preggers ein. »Die Konzerthalle ist restlos ausverkauft! Wir können die Show jetzt nicht mehr absagen. Denken Sie nur an die vielen Fans!«

»An die Fans? Sie denken doch an das viele Geld!« schnaubte Byrd verächtlich. »Erst müssen wir mal versuchen, Mary zu helfen.« Damit beugte er sich über sie und begann mit einer Mund-zu-Mund-Beatmung.

Er mühte sich zehn Minuten später noch immer ab, als endlich die Ambulanz kam. Kaum hatten die Sanitäter Madge auf eine Bahre gehoben, ging Byrd erneut zum Angriff auf Starr über: »Ich mache Sie persönlich für diesen Unfall haftbar!« erklärte er. »Ich verklage Sie auf eine Million Dollar Schadenersatz.«

»Mit welcher Berechtigung?« fuhr Starrs Manager Byrd aufgebracht an.

»Er wollte meine Frau sexuell belästigen, als der Unfall passiert ist. Außerdem ist die elektrische Anlage der Band ganz zweifellos fehlerhaft gewesen.«

»Ich habe alles ganz sorgfältig überprüft«, murmelte ein Bühnenarbeiter.»Ich kann überhaupt nicht verstehen, wie das passiert sein soll.«

Sie stritten noch immer, als die Sanitäter Madge aus der Konzerthalle und in den wartenden Krankenwagen trugen.

Der Arzt hatte die Untersuchung gerade beendet, als Byrd im Türrahmen der Notaufnahme auftauchte. Er richtete sich lächelnd auf. »Mit Ihrer Frau ist alles in Ordnung, Sir. Nach

allem, was ich von der Sache gehört habe, hat sie verdammt viel Glück gehabt.«
»Ist wirklich alles in Ordnung?«
»Sie klagt über ein paar geringfügige Beschwerden und hat Sehstörungen, aber das ist nach einem Elektroschock durchaus normal. Es geht vorüber. Das Wichtigste ist, daß Herz, Lunge, Puls und der Blutdruck normal sind. Sie hat nicht mal Hautverbrennungen erlitten. Sie ist ganz offenbar mit dem Schrecken davongekommen.«
»Dann kann ich sie also mit nach Hause nehmen?«
»Ich schlage vor, wir lassen sie noch über Nacht zur Beobachtung im Krankenhaus. Morgen können Sie sie dann abholen.«
Als der Arzt sie allein gelassen hatte, drückte Byrd Madge die Hand. »Ich brauche Ihnen wohl kaum zu sagen, daß Sie einfach großartig gewesen sind.«
Madge richtete sich aus der unbequemen liegenden Stellung auf. »Zu gut vermutlich. Ich habe keine Lust, die Nacht im Krankenhaus zu verbringen.«
»Das müssen Sie aber leider. Die Preggers rufen sicher an und erkundigen sich nach Ihrem Befinden«, entgegnete Byrd. »Wenn Sie dann nicht mehr im Krankenhaus sind, könnten sie Starr veranlassen, seinen Scheck zu sperren.«
»Welchen Scheck?«
Byrd lächelte. »Er hat einfach darauf bestanden, mir Geld für Ihren Krankenhausaufenthalt und alle Unannehmlichkeiten zu geben.«
»Wieviel?«
»Zwanzigtausend.«
»Sie machen Witze.«
»Ich habe vermutlich eine solche Szene gemacht, daß sie dachten, sie müßten das Konzert absagen. Als dann die Konzertbesucher draußen schon Schlange standen, sind sie ziemlich schnell ganz weich geworden. Ich habe eine Erklärung

unterzeichnet, in der ich mich verpflichte, auf gerichtliche Schritte und Schadenersatzforderungen zu verzichten. Der Scheck ist auf Ihren Namen ausgestellt, und mit Ihrer Unterschrift bei seiner Einlösung auf der Bank verzichten Sie ebenfalls auf weitere Forderungen.«

»Aber zwanzigtausend Dollar?«

»Ich hatte eigentlich auf fünfundzwanzigtausend gehofft, aber ich wollte den Bogen nicht überspannen. Und Sie kriegen wie versprochen die zweitausend.«

»Und was ist mit dem Tesla-Transformator?«

»Sie haben beim Fallen die Metallplatte genau getroffen. Nachdem ich die anderen dazu gebracht hatte, den Strom abzustellen, mußte ich nur noch den Kontakt lösen und Kabel, Transformator und Metallplatte unter meinem Mantel verstecken. Als ich Ihnen zum Krankenwagen gefolgt bin, habe ich alles in einer Mülltonne verschwinden lassen und es später auf dem Rückweg in die Konzerthalle wieder herausgeholt. Tommy kann es auch weiterhin für seine Show verwenden.«

»Sie sind wirklich ein toller Hecht, Byrd«, sagte Madge voller Bewunderung. »Wann wollen Sie den Scheck einlösen?«

»Hier ist die Bank auch samstags ein paar Stunden geöffnet. Morgen, pünktlich bei Beginn der Schalterstunden, bin ich dort. Ich habe meinen Ruf, immer schneller als andere zu sein, nicht umsonst erworben.«

Der Anblick ließ ihm fast das Blut in den Adern gerinnen. Da lag das geöffnete Etui; aber es enthielt nicht das, was Direktor Barheer erwartet hatte.

Statt des Schutzschirmprojektors hockte ein schwarzglänzendes, gepanzertes Etwas in dem flachen Kasten.

Das Tier erinnerte Fred im ersten Moment an eine mißlungene Kreuzung zwischen einem Skorpion und einer Spinne. Es war so groß wie eine Männerfaust und hatte, anders als seine irdischen Verwandten, zwei Schwänze, die statt in einem Stachel in gefährlichen Zangen endeten. Seine rotglühenden Augen schienen Fred voll boshafter Intelligenz anzustarren. Es war so ziemlich das häßlichste Tier, das Fred jemals zu Gesicht bekommen hatte.

Aber das war es nicht, was Fred den Atem stocken ließ. Es war vielmehr der Umstand, daß er keinen Meter neben dem Kästchen im Sand gelandet war – und daß das Ungeheuer jetzt langsam, aber zielsicher loszukriechen begann. Und zwar genau auf ihn zu.

»Beweg dich nicht!« keuchte eine Stimme hinter ihm. »Du darfst dich nicht rühren. Nicht einmal atmen.«

Fred hätte sich nicht einmal bewegen können, wenn er es gewollt hätte. Er war im wahrsten Sinne des Wortes starr vor Schrecken.

Das Tier verharrte für einen Moment und sah sich mit feurigen Augen um. Einer seiner Schwänze zuckte nervös, und Fred erkannte einen winzigen Tropfen einer gelbglitzernden Flüssigkeit an den Enden der Zangen. Gift.

»Bleib ruhig«, fuhr die Stimme fort. »Ich bin gleich bei dir.«

Eine schlanke, in helles Wildleder gekleidete Gestalt trat in sein Blickfeld: Wild Bill. Der Kunstschütze bewegte sich quälend langsam auf ihn zu, blieb in drei, vier Metern Entfernung stehen und griff vorsichtig unter seine Jacke. Dabei ließ er das Tier keine Sekunde aus den Augen.

Freds Herz begann wie rasend zu hämmern.

Leseprobe aus Martin Hollburg, »Die Tiger von Vaultron« aus der Reihe »Sternenschiff der Abenteuer«, erschienen in der Franckh'schen Verlagshandlung, Stuttgart.